国学经典

[南唐]李璟 李煜 著

方艳 注评

南唐二主词

中州古籍出版社

南唐二主词

前　言

中国文学史上,父子两代都有文学天赋的并不少见,比如北宋的晏殊、晏几道。只是李璟、李煜父子保有一国,而并爱"词"体,且都在创作方面自成一格,尤其是后主词达到了一流大家的高度,绝不同于一般帝王词的"玩票"性质,这确是罕见而值得关注的现象。

李璟(916~961),原名景通,字伯玉,徐州(今属江苏)人。943年,即位为南唐皇帝,其在位时,由于对外战争的连连失利,导致国力大亏。958年自去帝号,改称国主。因为害怕北方军事力量的威胁,961年,李璟迁都洪州(治今江西南昌)。三个月后,病死。享年四十六岁。在位十九年,庙号元宗。世称中主。论起来,他做皇帝也是不成功的。不过李璟"音容闲雅,眉目若画"(《江南野史》卷二),并且"神采精粹,词旨清畅"(《钓矶立谈》卷一)。只是流传至今的作品甚少。

李煜(937~978),原名从嘉,字重光,号钟隐,又号钟峰白莲居士,即位后改名煜。世称李后主。他是李璟的第六子,只因长兄弘冀暴死,其他四位兄长皆早夭,他才成为了世子,在李璟病逝后,当了国主。此时,宋太祖已建立了宋王朝,统一了北方。李煜苟且偷安地做了十五年的小国之君。开宝八年(975)冬,宋兵攻下金陵。他成了阶下囚。太平兴国三年（978）七月七日，正是李煜的四十一周岁生日，宋太宗派人用牵机药毒死了他。与他的父亲相比，他做一国之主更是失败得彻彻底底。不过，在文学艺术的领域中，他却是不可多得的"才人"。李煜工书善画，精通音乐。他的书法自成一家，创造出了"聚针钉"、"金错刀"、"撮襟"等体式。他的绘画作品"远过常流，高出意外"（郭若虚《图画见闻志》）。他亡国前创作的《念家山》、《念家山破》等乐曲，"宫中民间日夜奏之，未及两月，传满江南"（邵思《雁门野说》）。至于诗词写作，更是其抒写人生心志情怀之道具。后主之词，可以分明地看出前后期的变化。作为性情中人，他对于乐与悲都同样一往情深。尤其是后期的囚徒之歌，哀感动人。

对李煜词集，前人的校注鉴释不可谓不多，只是非常不理解的是但凡说起李煜总不忘提及其"生于深宫之中，长于妇人之手"，似乎这种人生经历奠定了其作为失败者的基因。或者诚如马克思所说，女性在五千年前历史性地败北之后，就蜷缩于历史的尘埃深处，听那些战胜者嘹亮的胜利之歌，并不时作为"祸水"承担一下男性失败的罪责。或许，"英雄"的男性们只有在遭受挫败的时候，才能理解另一性别的悲哀，才能有"同是天涯沦落人，相逢何必曾相识"的彼此认同感。所以，这一小小的选本，不是对帝王之词的解读，而是将其作为失败者的悲歌来加以领会。如果说历史都是由胜利者书写的，那么作为女性的鉴释者也许更能聆听彰显"历史言说"遮蔽下的亡国之主弱弱的心声。

本书选释李璟词四首，李煜词三十一首。至于李煜的残缺和存疑之作，不加评析。因其身世飘零，词作散佚的情况难明，一些存疑之作仍附之于后，以免遗珠之憾。也因其身世飘零，李煜的词作很难说明具体的创作时间，故往往只能根据其词作内容情调作解，未必一一强为判断。

目　录

李璟词

浣溪沙（手卷真珠上玉钩） ———————————— 9
浣溪沙（菡萏香销翠叶残） ———————————— 14
望远行（玉砌花光锦绣明） ———————————— 20
应天长（一钩初月临妆镜） ———————————— 23

李煜词

采桑子（辘轳金井梧桐晚） ———————————— 27
采桑子（亭前春逐红英尽） ———————————— 31
长相思（云一缗） ———————————————— 34
捣练子令（深院静） ——————————————— 36
浣溪沙（红日已高三丈透） ———————————— 39
浪淘沙（帘外雨潺潺） —————————————— 42
浪淘沙（往事只堪哀） —————————————— 47
临江仙（樱桃落尽春归去） ———————————— 50
柳枝（风情渐老见春羞） —————————————— 56

破阵子（四十年来家国）	58
菩萨蛮（花明月暗笼轻雾）	63
菩萨蛮（蓬莱院闭天台女）	68
菩萨蛮（铜簧韵脆锵寒竹）	71
清平乐（别来春半）	74
阮郎归（东风吹水日衔山）	78
乌夜啼（无言独上西楼）	83
乌夜啼（昨夜风兼雨）	86
喜迁莺（晓月坠）	89
相见欢（林花谢了春红）	92
一斛珠（晓妆初过）	96
渔父（浪花有意千重雪）	100
渔父（一棹春风一叶舟）	102
虞美人（春花秋月何时了）	105
虞美人（风回小院庭芜绿）	114
玉楼春（晚妆初了明肌雪）	118
子夜歌（寻春须是先春早）	123
子夜歌（人生愁恨何能免）	125
望江南（多少恨）	128
望江南（多少泪）	130
望江梅（闲梦远，南国正芳春）	133
望江梅（闲梦远，南国正清秋）	135
谢新恩（金窗力困起还慵）	137
谢新恩（秦楼不见吹箫女）	137
谢新恩（樱花落尽阶前月）	138
谢新恩（庭空客散人归后）	139

谢新恩(樱花落尽春将困) ——— 140
谢新恩(冉冉秋光留不住) ——— 141

存　疑

长相思(一重山) ——— 143
捣练子令(云鬓乱) ——— 143
蝶恋花(遥夜亭皋闲信步) ——— 143
更漏子(金雀钗) ——— 144
更漏子(柳丝长) ——— 144
后庭花破子(玉树后庭前) ——— 144
浣溪沙(转烛飘蓬一梦归) ——— 145
开元乐(心事数茎白发) ——— 145
南歌子(云鬓裁新绿) ——— 145
青玉案(梵宫百尺同云护) ——— 145
秋霁(虹景侵阶) ——— 146
三台令(不寐倦长更) ——— 146

李璟词

浣溪沙

手卷真珠①上玉钩②,依前③春恨锁④重楼。风里落花⑤谁是主⑥?思悠悠⑦。

青鸟⑧不传云外⑨信,丁香⑩空⑪结⑫雨中愁。回首绿波三楚⑬暮,接天流。

[题解]

中主李璟今存词曲仅得四篇,而以《浣溪沙》二首最为世人称赏。其词工致深婉,清丽天然。

《浣溪沙》,唐教坊曲名。此调有数名,一名《山花子》(《词谱》),一名《添字浣溪沙》(《梅苑》),一名《摊破浣溪沙》(《乐府雅词》)。摊破与添声、添字、摊声同义,是对原有词调在音乐上添入乐句或加繁节奏,在歌词上增多字句,创出新调,本调为每句七字《浣溪沙》之别体。所谓对《浣溪沙》的摊破,即在原调上下片尾句后增加三字短句,申足上句之意。较七字结句,别有韵味,并将韵移至末句。

这首词是作者手书写给当时的金陵名妓王感化的。据宋马令《南唐书》

载:王感化善讴歌,声韵悠扬,清振林木,击乐部为歌板色。中主嗣位,宴乐击鞠不辍,尝乘醉命感化奏水调词。感化唯歌,"南朝天子爱风流"一句,如是者数四。中主辄晤,覆杯叹曰:"使孙、陈二主得此一句,不当有衔璧之辱也!"罢饮止歌,感化由是有宠。中主尝作《浣溪沙》二阕,手写赐感化。后主即位,感化上中主词札,后主感动,赏赐感化甚优。此首即其一。

《草堂诗余》标题作《春恨》,可视作本词主旨所在。

[注释]

①真珠:即珍珠。此代指珠帘,指珠玉穿缀的帘幕。省略"帘"字。唐李白《捣衣篇》:"真珠帘箔掩兰堂。"另有"真珠高卷对帘钩"之句。范仲淹《御街行》:"真珠帘卷玉楼空。"另本作"珠帘",《苕溪渔隐丛话》前集引《漫叟诗话》曰:"李璟有曲'手卷真珠上玉钩',或改为'珠帘'……非所谓遇知音。"俞平伯先生《读词偶得》曾评其优劣。②玉钩:玉制的挂钩。亦为挂钩的美称。《楚辞·招魂》"挂曲琼些"汉王逸注:"曲琼,玉钩也……雕饰玉钩,以悬衣物也。"元关汉卿《绯衣梦》第一折:"珠帘簌,玉钩弯,纱窗静,绿闱闲。"清秋瑾《风雨口号》:"衔泥燕子多情甚,小语依依傍玉钩。"③依前:依然,依旧像从前一样。④锁:幽闭的意思,这里形容春恨浓郁,无法排遣。⑤风里落花:随风飘落的花朵,喻示楼中女子无人护持,无所依托。⑥谁是主:不知主人是谁,是东风不为花做主的意思,强化了落花的飘零感。⑦悠悠:形容愁思不尽。⑧青鸟:传说中的神鸟,西王母的使者。《山海经·大荒西经》:"西有王母之山……有三青鸟,赤首黑目。"郭璞注:"皆西王母所使也。"《汉武故事》:西王母出访汉武帝,命青鸟先期飞降承华殿,以通报信息。须臾,西王母乘紫车降临,与汉武帝欢会。后成为信使的代称,尤其是作为爱情的传信者。唐李商隐《无题》:"蓬山此去无多路,青鸟殷勤为探看。"⑨云外:指遥远的地方。⑩丁香:常绿乔木,夏季开花,开紫色或白色小花。种子黑色,可榨丁香油。一名鸡舌香,作香料用,可含于口中。⑪空:徒然。⑫结:指含苞不吐。丁香结即丁香的花蕾。诗人常用来象征愁思固结不解。唐李商隐《代赠》诗云:"芭蕉不展丁香结,同向春风各自愁。"前蜀牛峤《感恩多》:"自从南浦别,愁见丁香结。"⑬三楚:三楚意指何地,说法不一。战国时期,楚国疆域广阔,《史记·货殖列传》把战国楚地分为东楚、西

楚、南楚，合称三楚。《汉书·高帝纪》"羽自立为西楚霸王"句注："旧名江陵（今属湖北）为南楚，吴（今江苏苏州）为东楚，彭城（今江苏徐州）为西楚。"宋乐史《太平寰宇记》称郢（今湖北江陵）为西楚，彭城为东楚，广陵（今江苏扬州）为南楚，合为三楚。大略相当于今江苏、安徽、江西、湖南等地。五代南唐政权建都金陵（今江苏南京），李璟后期迁居洪州（治今江西南昌），属东楚、南楚。唐黄滔《秋色赋》："空三楚之暮天，楼中历历。满六朝之故地，草际悠悠。"一作"三峡"：地名，长江上游三个以天险著名的山峡：瞿塘峡、巫峡、西陵峡。战国楚宋玉《高唐赋》所写楚王遇神女故事，即以此处为背景。

[评析]

这两首《浣溪沙》是南唐中主李璟的代表作。虽表现的是思妇怀人的传统主题，但意境高远，内蕴深厚。

首句写得委婉、细腻。"手卷真珠上玉钩"，手与"真珠"、"玉钩"并置，既暗示思妇身份之尊贵，也可令人揣想美人之姿容。卷帘原本是要借望远以抒怀，结果却是"依前春恨锁重楼"，因为"恰三春好景"，更引起如花美眷，似水流年之憾恨，二句一开一合，一衬一跌，为全词定下了"春恨"的基调。

"重楼"是指女子的现实环境之幽闭。再加上动词"锁"字，则以物象与心象的双重暗示，渲染出无所不在的生命桎梏。"依前"二字将过去与现在相连，点明"此恨年年有"，言外自有一种已不堪忍受而又无可奈何的哀伤。"春恨"的具体表现是主人公目光所接触的"风里落花"。风不仅将花吹落，而且更将这凋零的花朵吹得四处飞扬，这一句显然寄托了主人公身世飘零、孤独无依的意蕴，也正是潇湘妃子叹今生"谁主谁收"之意。然而作为一代国主，写出这样的词句，不免令人感慨其确非帝王之器。

过片二句承"思悠悠"而来，大意是说，没有信使传来远人的消息，思妇独自在雨中凝结愁思。

"青鸟"句写过去，云外，犹云天外，即极远处，暗示着所思的飘渺不可知。伊人不归,杳无音信,这是远。"丁香"句写现在,居家者思念郁积于心,一如雨中丁香的花蕾,包裹不展,眼前景、心中情,融为一体,这是近。此二句远望与近景结合,虚实相生。"雨"字渲染气氛,而"空"字既点出思念之深长和无着无落,也寄寓了春天与生命的白白消逝的迟暮之感。

"回首"句写展望与期待。绿波荡漾,暮霭沉沉,水天一际,归人何在?于是乎,愁恨就如同接天碧波一样,绵延不绝,浩渺无尽。末尾两句以景语作结,言有尽而意无穷。

结末一境,或以为曾对后主《虞美人》"问君能有几多愁,恰似一江春水向东流",以及戴望舒的名作《雨巷》有所启发。

全词情景交融,毫无"花间"脂粉气,体现了词风的新变。词调上下片结尾添加的三字句,以"思悠悠"与"接天流"引发了丰富而深刻的联想,词的境界因此显得浩阔而悠远。

这首词抒写了一种深沉的悲哀与幽怨。"青鸟"、"丁香"本都是与爱情有关的典故,而词中人问"风里落花谁是主"则分明是寄托了一种对于命运播弄的无奈与感伤。李璟即位之初,南唐也曾相当强盛,大略占领了三楚地区,并有北定中原的意向。但其后屡为北方的后周及赵宋王朝所败,失去了大片土地,国势日颓。李璟的心情是抑郁的,在感风雨、悲落花、愁日暮、念远方的词句中,寓含着对政权风雨飘摇的忧心忡忡,融入了处境维艰、前途渺茫的心情。词中人对远行者的思念,未尝不可以理解成对逝去的美好过往的无尽怀念。

[集评]

宋刘斧《翰府名谈》(引自《诗话总龟》前集卷一二):李煜(当作璟)作诗,大率都悲感愁戚,如"青鸟不传云外信",然思清句雅可爱。

宋胡仔《苕溪渔隐丛话》前集卷五九引《漫叟诗话》云:前人评杜诗云:"红豆啄残鹦鹉粒,碧梧栖老凤凰枝。"若云"鹦鹉啄残红豆粒,凤凰栖老碧梧枝"，便不是好句。余谓词曲亦然。李璟有曲"手卷真珠上玉钩"，或改为"珠帘"……非所谓遇知音。

明李于鳞：上言落花无主之意，下言回首一方之思。（引自《南唐二主词汇笺》）

明沈际飞《草堂诗余正集》卷一：落花一事而用意各别，亦妙。

明王世贞《艺苑卮言》："细雨梦回鸡塞远，小楼吹彻玉笙寒"，"青鸟不传云外信，丁香空结雨中愁"……非律诗俊语乎？然是天成一段词也，着诗不得。

清黄苏《蓼园词评》：李中宗："手卷真珠上玉钩"，按手卷珠帘，似可旷日舒怀矣。谁知依然恨锁重楼。所以恨者何也？见落花无主，不觉心共悠悠耳。且远信不来，幽愁空结，第见三峡波接天流，此恨何能自已乎？清和婉转，词旨秀颖。然以帝王为之，则非治世之音矣。

清陈廷焯《云韶集》卷二四：那不魂销，绮丽芊绵。置之元明以后，便成绝妙好词，缘彼时尚以古为贵故。

俞陛云《唐五代两宋词选释》：此调为唐教坊曲，有数名。《词谱》名《山花子》，《梅苑》名《添字浣溪沙》，《乐府雅词》名《摊破浣溪沙》，《高丽乐史》名《感恩多》，因中主有此词，又名《南唐浣溪沙》。即每句七字《浣溪沙》之别体。其结句加"思悠悠"、"接天流"三字句，申足上句之意，以荡漾出之，较七字结句，别有神味。《翰苑名谈》云："清雅可诵。"《弇州山人词评》称"青鸟"二句为："非律诗俊语乎？然是天成一段词也，着诗不得。"

俞平伯《读词偶得》：此总写幽居之子。珠帘（真珠）手卷，郑重出之，庶睹夷旷，涤兹伊郁，然重楼深锁，春恨依前也。"锁"字半虚半实，锤炼精当，可以体玩。下文说到春风时作，飘转残红，"谁是主"三字，略略点出本意。结句三字，有愈想愈远，轻轻放下之妙。掩卷冥想，欲易此三字，其可得乎。下片较平实，遂少佳胜。"青鸟"出自《山海经·海内北经》。西王母原系怪异，后故事转变，即为美人之代语，故笺注引汉武帝故事以实之。"丁香"用李义山诗"芭蕉不展丁香结，同向春风各自愁"。即上文"青鸟"亦疑用玉谿"青雀西飞竟未回"也。"三楚"谓东、西、南楚也，《花庵》、《草堂》均作"三峡"。

唐圭璋《唐宋词简释》：此首直抒胸臆，清俊宛转。其中情景融成一片，已不能显分痕迹。首句"手卷真珠"平平叙起，但所以卷帘者，则图稍释愁恨也，故此句看似平淡，实已含无限幽怨。次句承上，凄苦尤甚，盖欲图消恨，而恨依然未消也，两句自为开合。下文更从"依前春恨"宕开，原恨所以依然未消者，则以帘外落花、风飘无主耳。花落无主，人去亦无主，故见落花，又不禁引起悠悠遐思矣。换头，承"思悠悠"来。一句远，一句近，两句亦自为开合。所思者何，云外之人也，云外之人既不至，云外之信亦不至，其哀伤为何如？"丁香"句，又添出雨中景色。花愈离披，春愈阑珊，愁愈深切矣。"回首"两句，别转江天茫茫之景作结，大笔振迅，气象雄伟，而悠悠此恨，更何能已。通首一气蝉联，刀挥不断。而清空舒卷，跌宕昭彰，洵可称词中神品。

叶嘉莹《灵溪词说》："丁香细结引愁长，光景流连自可伤。纵使'花间'饶旖旎，也应风发属南唐。"

浣溪沙①

菡萏香销翠叶残②，西风③愁起绿波④间。还与韶光共憔悴，不堪看⑤。

细雨梦回⑥鸡塞远⑦，小楼吹彻⑧玉笙寒⑨。多少泪珠何限恨⑩，倚阑干⑪。

[题解]

这首词，《类编草堂诗余》卷一误为李煜作，题名《秋思》，与上首题名《春恨》一样，应是后人据词意所加。

这是中主《摊破浣溪沙》的第二首，又称《山花子》，也是其最为世所传诵之作。

《南唐书·冯延巳传》："元宗（南唐中主李璟）乐府词云：'小楼吹彻玉笙寒'，延巳有'风乍起，吹皱一池春水'之句，皆为警策。元宗尝戏延巳曰：

'"吹皱一池春水",干卿何事?'延巳曰:'未若陛下"小楼吹彻玉笙寒"。'元宗悦。"可见当日南唐君臣颇以此相得之状。

宋胡仔《苕溪渔隐丛话》引《雪浪斋日记》:"荆公(王安石)问山谷(黄庭坚)云:'作小词曾看李后主词否?'云:'曾看。'荆公云:'何处最好?'山谷以'一江春水向东流'为对。荆公云:'未若"细雨梦回鸡塞远,小楼吹彻玉笙寒"。'"

《草堂诗话》、《啸余谱》、《词韵》调下有题"秋思"。是一首悲秋怀人词。这两首《浣溪沙》一伤春,一悲秋,显然是有意结撰之作,有着共同的时代和个人身世背景。

李璟即位之初,也曾励精图治,开疆拓地,如保大四年(946),中原大乱,"密州刺史皇甫晖、青州刺史王建,及沿淮诸戍皆来降"(马令《南唐书》卷二《嗣主书》);又如保大九年(951),南唐乘乱伐楚,"边镐入潭州,湖南悉平"(陆游《南唐书》卷九《高远传》)。但随着后周的兴起,南唐日益受到这个强邻的威胁。保大十四年(956)、十五年(957),周世宗两次亲征南唐,攻城陷地,所向披靡,迫使李璟上表削去帝号,改称国主,又将江北未被攻陷的州县尽数献上,并多次派人至后周犒军。显德六年(959),李璟终于被迫"升洪州为南昌。建南都"(马令《南唐书》卷四《嗣主书》)。宋代后周后,南唐所受威胁更甚,日益陷入绝境。据《资治通鉴》卷二九四载,"(南)唐自淮上用兵及割江北,臣事于周,岁时贡献,府藏空竭,钱益少,物价腾贵",可见,南唐当时已是内外交困,面临着灭亡的命运。

李璟的两首词,大约正是在这种局势之下写出的。王国维说:"南唐中主词'菡萏香销翠叶残,西风愁起绿波间',大有众芳芜秽、美人迟暮之感,乃古今独赏其'细雨梦回鸡塞远,小楼吹彻玉笙寒',故知解人正不易得。"(《人间词话》卷上)若从寄兴深远论,王说颇为中肯,指出了这位偏安的小国主有心兴国,无力回天的无奈与悲哀。

[注释]

①浣溪沙:又名《南唐浣溪沙》。②菡萏(hàn dàn):尚未开放的荷花。销:通"消"。翠叶:荷叶。③西风:秋风。④绿波:一作"碧波"。⑤"还与"二句:意为韶光逝去,自己与万物皆老,不忍再去观赏那已经凋残的荷

花了。韶光，美好的时光，常比喻美好的青年时代。亦作容光。俞平伯先生对此一字之异也有细致的辨析："容"之与"韶"，意义有别。韶光者景，人与之共憔悴，是由内而及外也。容光者人，景与之共憔悴，是由外而及内也。看，读音阴平。⑥梦回：猛醒。⑦鸡塞远：一作"清漏永"。鸡塞，古要塞鸡鹿塞的简称。《汉书·匈奴传下》："汉遣长乐卫尉高昌侯董忠，车骑都尉韩昌将骑万六千，又发边郡士马以千数，送单于出朔方鸡鹿塞。"颜师古注："在朔方窳浑县西北（今陕西横山县西）。"《后汉书·和帝纪》："窦宪出鸡鹿塞。"元马祖常《次韵继学》诗："鸡塞西宁外，龙沙北极边。亦作鸡禄山。"《花间集》卷八孙光宪《定西番》词："鸡禄山前游骑。"这里的鸡塞泛指军队戍守之边塞，即词中思妇的丈夫征戍之地。⑧吹彻：吹完一套曲子。"彻"亦作名词用，指大曲中最后一遍。唐元稹《连昌宫词》："逡巡大遍凉州彻。"李煜《玉楼春》："重按《霓裳》歌遍彻。"⑨玉笙寒：因笙簧长时间吹奏而潮湿有寒气。借用唐陆龟蒙《赠远》"妾思冷如簧，时时望君暖"诗意。玉笙，一种管乐器。共十三管，依次列置在一个圆匏里面。管底安放薄簧片，吹之能够发声。玉，形容笙之精美。唐陈子昂《别中岳真人序》："玉笙吹风。"唐李商隐《银河吹笙》："怅望银河吹玉笙。"⑩多少：一作"籁籁"。何限：一作"无限"。⑪倚：或作"寄"。阑干：栏杆。

[评析]

这是一首悲秋怀人词。上片写景，下片写人。

上片主要描写秋天景物凋残的景象，抒发浓郁的悲愁之情。

起句以景衬情，"菡萏香销翠叶残"，菡萏是未开的花朵，因其稚嫩而更为珍贵，而秋风的摧残也就愈加让人惊心。"香销"、"翠残"，唤起观者对荷花昔日风华的美好回忆，将亭亭玉立的芬芳与眼前的萎败联系起来，将团团翠绿的舒展与眼前的枯索联系起来。而一切美好事物的毁灭都令人悲哀。"香销"、"翠残"以美好事物的易逝触目地提示了生命的虚无，在岁华不再的感叹中又包含着人生不自在的悲哀。

二句缘情写景，西风吹动着绿波，令人泛起无限的愁绪，词人不说西风"吹"起碧波间,而用情绪化的"愁",因为花叶凋残,让人联想到生命的凋零,美好的青春时光也在不期然间消逝了。君不闻"多情自古伤离别,更那堪冷落清秋节"!王国维说这里"大有众芳芜秽、美人迟暮之感"(《人间词话》卷上)。此处不止是叹息荷花的枯萎,而且感及一切有生命之物的衰落。所谓"老冉冉之将至兮,恐修名之不立"(《离骚》),所以下即言及时不我待的焦虑。

"还与韶光共憔悴",由景及人。"韶光"可以兼指大好光阴和人的芳年妙龄,此处指"菡萏"所代表的时光,主语是人。一作"容光",主语则变成景了,或未若"韶光"之妙。"共"字下得残酷,由物而及人。"不堪看","看",读平声。"堪看"是双声又是叠韵。这三个字中包含了大势已去,家国天下,一切的一切都已无可挽回的绝望颓然之恨。唐圭璋先生说,"不堪看"三字是"笔力千钧,沉郁之至"。

下片承"看"字而起,转就人事抒写。过片"细雨梦回鸡塞远"二句意兴清幽,转而写夜,暗示词中人在闺中,"鸡塞"是以具体的地名来代指边塞。"细雨梦回"使人想起《诗·豳风·东山》中的"零雨其蒙"。"细雨梦回"是"愁"的一种具象性表述,表现一种凄恻迷离的相思之苦。或以为秦观《浣溪沙》"自在飞花轻似梦,无边丝雨细如愁"就是从此句和李璟另一名句"风里落花谁是主"化出的,贺铸《青玉案》状愁名句"梅子黄时雨"也与此有关。

下句小楼吹笙的可以是闺人(如《琵琶行》),又不必是闺人(如《忆秦娥(箫声咽)》)。"小楼吹彻玉笙寒","寒"字用得好,"玉笙寒"是说声音已咽,曲不成声。因为笙是靠管中簧片发声的,要炙之使干燥,声音才嘹亮清越。如果簧片受潮受冻,就会引起声音的失真。唐人陆龟蒙《赠远》诗云:"从君出门后,不奏云和管。

妾思冷如簧,时时望君暖。心期梦中见,路永梦魂短。"这个"寒"字强调了一种因物候而触发的内心感受。"彻"字也好,彻是大曲的最末一遍,吹彻就是吹近尾声,正是"一叶叶,一声声,空阶滴到明"。

"多少泪珠何限恨"是经历了长夜无眠,无尽的内心煎熬之后,发出的一句非常强烈直露的表白,在整首曲调委婉曲折到无以复加之时,以喷薄而出之势,得自然天成之妙。

又接以"倚阑干"三字作结,重回含蓄低回之态。这三字同时还起了首尾相顾的作用。上片之景,即"倚阑干"之所见。或作"寄阑干",《花庵词选》作"倚",疑亦后人改笔。"寄"字老成,"倚"字稚弱,"寄"字与上衔接,"倚"无根,固未可同日语也。《浣溪沙》本难在结句,此体因多了三字之转折更不易填。中主两词,上片结句均极妙,下片结句虽视前者略逊,亦俱稳当。但如依俗本作"倚阑干",此便成芜累矣,是以一字之微,足重全篇之价。

李清照有起句云"红藕香残玉簟秋",即从本篇学得。

[集评]

宋李清照《词论》:"江南李氏君臣尚文雅,故有'小楼吹彻玉笙寒'、'吹皱一池春水'之词。语虽奇甚,所谓亡国之音哀以思也。"

明沈际飞《草堂诗余正集》卷一:"塞远"、"笙寒"二句,字字秋矣。又云:少游"指冷玉笙寒,吹彻小梅春透",翻入春词,不相上下。

清徐釚《词苑丛谈》卷三:《南唐书》载元宗手写《摊破浣溪沙》二词赐乐部王感化……情致如许,当是叔宝后身。

清贺裳《皱水轩词筌》:南唐主语冯延巳曰:"风乍起,吹皱一池春水,干卿何事?"冯曰:"未若'细雨梦回鸡塞远,小楼吹彻玉笙寒',不可使闻于邻国。"然细看词意,含蓄尚多。至少游"无端银烛殒秋风,灵犀得暗通。相看有似梦初回,只恐又抛人去,几时来",则竟为蔓草之偕臧,顿丘之执别,一一自供矣。词虽小技,亦见世风之升降,沿流则易,溯洄实难,一入其中,势不自禁。即余生平,亦悔习此技。

清许昂霄《词综偶评》:《山花子》(唐中主)"细雨"二句合看,乃愈见其妙。

清黄苏《蓼园词评》:按"细雨"、"梦回"二句,意兴情幽,自系名句。结末"倚阑干"三字,亦有说不尽之意。

清杨希闵:"二主词读之使人悄怆失志,亡国之响也。"(《词轨》卷二)

清陈廷焯《白雨斋词话》卷一:南唐中主《山花子》云"还与韶光共憔悴,不堪看"。沉之至,郁之至,凄然欲绝,后主虽善言情,卒不能出其右也。又《云韶集》卷一:凄然欲绝,只在无可说处。又《词则·大雅集》卷一:凄然欲绝,后主虽工于怨词,总逊此哀婉沉至。

王国维《人间词话》卷上:"菡萏香销翠叶残,西风愁起绿波间",大有众芳芜秽、美人迟暮之感,乃古今独赏其"细雨梦回鸡塞远,小楼吹彻玉笙寒",故知解人正不易得。

俞陛云《唐五代两宋词选释》:荆公尝问山谷曰:江南词何者最好?山谷以"一江春水向东流"为对。荆公曰:"未若'细雨梦回鸡塞远,小楼吹彻玉笙寒'为妙。"冯延巳对中主语,极推重"小楼"七字,谓胜于己作。今就词境论,"小楼"句因绮思清愁;而冯之"风乍起,吹皱一池春水"托思空灵,胜于中主。冯语殆媚兹一人耶!

吴梅《词学通论》:此词之佳,在于沉郁。夫"菡萏香销"、"西风愁起"与"韶光"无涉也,而在伤心人见之,则夏景繁盛亦易摧残,与春光同此憔悴耳。故一则曰"不堪看",一则曰"何限恨",其顿挫空灵处,全在情景融洽,不事雕琢,凄然欲绝。至"细雨"、"小楼"二语,为"西风愁起"之点染语,炼词虽工,非一篇之至胜处。而世人竞赏此二语,亦可谓不善读者矣。

俞平伯《读词偶得》:《人间词话》说首两句"……大有众芳芜秽、美人迟暮之感,乃古今独赏其'细雨梦回……'故知解人正不易得。"王氏此言极有理解(虽其抑扬或有过当)。兹既征引,便不必词费。荷衣零落,秋水空明,静安先生独标境界之说,故深有所会也。

唐圭璋《唐宋词简释》:此首秋思词。首两句,从景物凋残写起,中间已含有无穷悲秋之感。"还与"两句,触景伤情,拍合人物。"不堪看"三字,笔力千钧,沉郁之至。较之李易安"人比黄花瘦"句,诚觉有仙凡之别。

望远行

玉砌①花光锦绣明②,朱扉③长日镇长扃④。夜寒不去梦难成,炉香烟冷自亭亭⑤。

辽阳⑥月,秣陵砧⑦,不传消息但传情。黄金台⑧下忽然惊,征人⑨归日二毛⑩生。

[题解]

《望远行》,原为汉唐古调。汉横吹曲有《望行人》。唐王建、张籍均有《望行人辞》。孟郊有《望远曲》。《望远行》曲子词始见于《教坊记》和《敦煌曲子词》。王仲闻《南唐二主词校订》云:"'辽阳'吴本《二主词》空一格。晨本《二主词》、《花草粹编》作'残'。刘继增《南唐二主词笺》云'二字旧词抄本作"残"'。"词牌名称与词的内容相应。词中有云"征人",又以"秣陵"与"辽阳"相对,表明所抒发的是居人念远之情。全词用"真"韵,透出古朴之感。

[注释]

①玉砌:以玉石砌成的台阶。亦用为台阶的美称。汉刘桢《鲁都赋》:"金陛玉砌,玄柽云柯。"《文选·王融〈三月三日曲水诗序〉》:"镜之虹于绮疏,浸兰泉于玉砌。"李周翰注:"玉者,美言之也;砌,阶也。"李煜《虞美人》词:"雕阑玉砌应犹在,只是朱颜改。"清蒲松龄《聊斋志异·白于玉》:"见檐外清水白沙,涓涓流溢;玉砌雕阑,殆疑桂阙。"或作"碧砌"。②花光:花的色彩。南朝陈后主《梅花落》诗之一:"映日花光动,迎风香气来。"锦绣明:像锦绣一样亮丽。锦绣,花纹、色彩精美鲜艳的丝织品。宋司马光《看花四绝句》之三:"谁道群花如锦绣,人将锦绣学群花。"另本"锦绣"作"照眼"。③朱扉:红漆门。扉,门扇。④镇长扃:总是关闭着。镇,总是,老是。明胡震亨《唐音癸签》卷二四:"六朝人诗用'镇'字,唐诗尤多。""盖有'常'之义,约略用之代'常'字。"扃,关闭门户用的门闩、门环之

类。这里作锁闭解。他本作"朱扉镇日长扃",王国维校本"朱扉长日镇长扃",变六字句为七字句。"长"两用,一作形容词,一作副词。⑤亭亭:独立的样子。唐温庭筠《夜宴谣》:"亭亭蜡泪香珠残,暗露晓风罗幕寒。"此处形容炉烟袅袅上升的样子。⑥辽阳:地名,今辽宁辽阳。此处泛指东北边塞,征人戍地。⑦砧:捣衣石。唐张若虚《春江花月夜》:"玉户帘中卷不去,捣衣砧上拂还来。"唐韩愈《和崔舍人咏月》诗:"牖光窥寂寞,砧影伴娉婷。"⑧黄金台:战国时燕昭王在易水之南筑高台,置黄金千镒于台上,广招天下才士。后因借指君主尊贤。此处指征人离家,志在功名。唐李贺《雁门太守行》:"报君黄金台上意,提携玉龙为君死。""黄金台"一本作"黄金窗"。⑨征人:征戍之人。晋陶潜《答庞参军》诗:"勖哉征人,在始思终。"唐李益《夜上受降城闻笛》:"不知何处吹芦管,一夜征人尽望乡。"⑩二毛:斑白的头发。人老则头发有黑白二色相间。因用以代指老人。《左传·僖公二十二年》:"君子不重伤,不禽二毛。"杜预注:"二毛,头白有二色。"

[评析]

开首二句由景及情,写白日之思。

"花光"二字用得好。花光如锦绣一样明丽,色彩斑斓,姹紫嫣红,在明媚的春光下,与玉石台阶相映,则光影灿烂,景象明丽,正堪游乐。"玉砌"、"朱扉",是石阶和门扇的美称,用来指示思妇的高贵品格,"花光锦绣"暗示思妇的韶华青春。

然而,那扇红色大门终日关闭着。前句越见热闹,越是鲜明,就越是映衬出"朱扉长日镇长扃"的清冷、寂寥与暗淡。正是"恰三春好景开遍,都付流年"。作者以映衬手法,描绘出明丽富艳、凄凉冷落两种截然相反的意境,形成鲜明的对照,一连两个"长"字强调了女主人公幽居独处、辜负春华的可悲处境。

三、四句描写夜间情景。白日如此,寒夜凄凄,更难以入睡;惟其不能成眠,才觉得"夜寒",炉香冷寂,香烟仍袅袅上升,此句有借喻之意,主人公的一缕情思,在一片凄凉的心境中挥之不去,绵绵不尽。这里的"冷"、"自",强化了人所体味到的凄清孤独之感。"梦难成"三字下得沉痛,连暂时的忘却,暂时的逃避,甚或梦中短暂的欢聚之幻象皆不可得,是说人生之冰冷无安慰,生之无趣无聊无奈至此已极。

过片一、二句,以"残月"映衬"寒夜"。月是所见,砧是所闻。承上片而意绪不断。月色照在辽阳也照在金陵,"此时相望不相闻,愿逐月华流照君"。李白有诗云:"长安一片月,万户捣衣声。秋风吹不尽,总是玉关情。何日平胡虏,良人罢远征。"(《子夜吴歌·秋》)入秋后,妇女们要为远方的亲人送去寒衣,而在缝制之前,先要捶洗丝絮,于是捣衣也就成了女性表达思念的特别活动。月下阵阵砧声平添思妇几多难堪!辽阳月与秣陵砧以类似于电影镜头的拼贴,将征人思妇的两地相思并置于一个画面之中,就像唐人高适的《燕歌行》所写的:"少妇城南欲断肠,征人蓟北空回首。""不传消息但传情",是说远行者无消息,捣衣声却声声含情,声声传情。

尾联二句词意高远。受尽相思无眠之苦后,女主人公忽然惊叹:征人回来之日,我们彼此的头发都该斑白了!一个"惊"字,记录了心底陡然发生的强烈震动。

人生中虽说有失才有得,怕只怕"得不偿失"!功名富贵权势是否真值得用青春、生命和爱情作为代价来换取?比起王昌龄《闺怨》中的"忽见陌头杨柳色,悔教夫婿觅封侯",这首词体现了一种更为深邃的境界。人的一生往往是处于不断追求、企盼,而又不断幻灭的苦痛挣扎之中,闺中人的迟暮之感,幻灭之惊,正源于作者对于国家前途、人生命运的不能把握的感触。

当然,对于平常人来说,这种体悟,可能会让人更为淡定,退一步海阔天空,但对处于永远的权力争斗之中的帝王来说,这样的体悟只能显示出软弱,而这种软弱对于李氏父子来说,是致命的。

[集评]

明卓人月《古今词统》卷七：髀里肉，鬓边毛，千秋同慨。

俞陛云《唐五代两宋词选释》：上阕写所处一面之情景。惟寒梦难成，醒眼无聊，但见炉烟之亭亭自袅，善写孤寂之境。其下辽阳、秣陵，始两面兼写。"传情"二字，见闻砧对月，两地同怀。结句言忽见北客南来，雪窖远归，鬓丝都白，则行役之劳，与怀思之久，从可知矣。

应天长

一钩初月临妆镜①。蝉鬓②凤钗③慵不整④。重帘静，层楼迥⑤，惆怅⑥落花风不定。

柳堤⑦芳草径，梦断辘轳⑧金井⑨。昨夜更阑⑩酒醒，春愁过却⑪病。

[题解]

这首《应天长》描写一个女人伤春伤别的心情，透露出作者孤零无依的苦闷。

据宋陈振孙《直斋书录解题》卷二一录"南唐二主词一卷，中主李璟、后主李煜撰"后，有："卷首四阕，《应天长》、《望远行》各一，《浣溪沙》二，中主所作。重光尝书之。墨迹在盱江晁氏（公留），题云'先皇御制歌词'。余尝见之，于麦光纸上作拨灯书，有晁景迂题字。今不知何在矣。"这两首词，李煜曾亲手书写，并题为"先皇御制"，陈振孙又曾亲眼见到墨迹，或谓《应天长》是后主、冯延巳、欧阳修所作，均不可靠。

[注释]

①一钩初月：一般指晓天残月，亦可谓黄昏初上之月。"钩"，另本作"弯"。"初"，另本作"新"。妆镜：另本作"鸾镜"。一说指愁眉。②蝉鬓：古代女子的一种发式。鬓是耳边之发。蝉鬓，形容女子的鬓发如蝉身黑亮，梳成蝉翼形状而紧贴在耳边。晋崔豹《古今注·杂注》："魏文帝宫人绝所宠者，

有莫琼树、薛夜来、田尚衣、段巧笑四人日夕在侧,琼树乃制蝉鬓。缥缈如蝉翼,故曰蝉鬓。"南朝梁元帝《登颜园故阁》诗:"妆成理蝉鬓,笑罢敛蛾眉。"③凤钗:钗头作凤形的钗子。钗,古代妇女用来簪发的一种首饰。唐李洞《赠入内供奉僧》诗:"因逢夏日西明讲,不觉宫人拔凤钗。"④慵不整:无心梳整。慵,懒。宋蔡伸《菩萨蛮》词:"蝉鬓慵梳掠。"⑤迥:辽远的样子。疑是同音字"扃"之误。"扃",闭也。⑥惆怅:因失意或失望而感伤。晋陶潜《归去来兮辞》:"既自以心为形役,奚惆怅而独悲。"⑦柳堤:植有柳树的堤岸。唐白居易《湖亭晚归》诗:"柳堤行不厌,沙软絮霏霏。"⑧辘轳:利用轮轴原理制成的井上汲水的起重装置。《齐民要术·种葵》:"井,别作桔槔、辘轳。"原注:"井深用辘轳,井浅用桔槔。"⑨金井:井的美称,因井上栏杆雕画精美,故称。一般用以指宫廷园林里的井。南朝梁费昶《行路难》诗之一:"唯闻哑哑城上乌,玉栏金井牵辘轳。"宋苏轼《用前韵答西掖诸公见和》:"双猊蟠础龙缠栋,金井辘轳鸣晓瓮。"清陈维崧《品令·夏夜》词:"夜色凉千顷,携笛簟,倚金井,辘轳清冷。"一说即石井。金,谓其坚固。唐李贺《河南府试十二月乐词·九月》:"鸡人罢唱晓珑璁,鸦啼金井下疏桐。"叶葱奇注:"金井,即石井。古人凡说坚固,多用金,如金塘、金堤等。"⑩更阑:更,夜间计时的单位,一夜分为五更,每更约两小时。唐方干《元日》诗:"晨鸡两遍报更阑,刁斗无声晓漏干。"阑,将尽,天快亮时。⑪过却:胜过;超过。另本作"胜却",意同。"过却"是俗语。却,语助词,用于动词之后,无义。

[评析]

上片由里及表,叙眼前情事,从客观现实生活写起。立足于"看",让读者随着人物的视线所及,细致地体察词中人物的心情。分三层展开。

开片首先写清晨,以"一钩初月"领起,淡月西坠,天色湛青,是一天之始,春是四季之始。"蝉鬓"二字暗示了主人公芳华正好。"凤钗"点出了生活的优裕。与上文的良辰美景佳人形成反差对比的是人物的心情。"慵不整",因为郁闷而慵怠的心情以至于都无心装扮自己。

然后正面渲染独处之寂寞。"重帘静,层楼迥"两个三字句对得工致:"重帘静",是无人来去;"层楼迥",则是身无自由。居住的环境静谧得冷清,幽深得寂寞。这就越发显出这种烦闷的沉重,写出心情的压抑。

再写她因风惜花,"惆怅落花风不定",与"风里落花谁是主"之意相近。颇有北宋晏殊《浣溪沙》词中"无可奈何花落去"的感慨。花,象征着青春和美好的梦想;而花落,意味着青春年华的流逝和美好愿望的落空,这是景语也是情语。情随景生,情景交融。飘落零乱的春花,被时紧时歇的狂风搓揉着,扫落着,就如同那女子彷徨无依的命运。词中女主人公纷扰无依的心境与幽闭孤独的环境形成了尖锐的对立。

下片则着眼于"想",承风吹落花而将画面拉开,追叙过去的相聚生活,记得曾携手处,长堤垂柳,芳草小径。而春柳又与折柳送别的风俗相连,芳草径则与汉末古诗"青青河畔草,绵绵思远道"的诗句相连,"辘轳"比喻相思之情的辗转缠绕。这两句写得意象绵密,悠思深长。"梦断"二字下得斩截,使梦境的欢娱与现实的孤寂两相比照而显得更加难以承受。写到这里,揭示出楼中人郁结的原因。

最后以"春愁过却病"的顿悟作结。为了销愁,昨夜也曾饮酒,然而夜深酒醒之后,四周一片沉寂清冷,春愁更加深重,甚至于胜过了病痛的难受。这其实是一句大白话,却必须是有切肤之痛才能体悟的,不是泛泛感慨,而是沉痛之至。

表现方法上采用了传统常见的"逆写"法,先说现在,再说过去,正是因为夜来有伤别怀远之思,所以清晨才对镜无心梳理。上下两片相互对照,首尾呼应,这种次序上的逆溯,加强了词情的跌宕,作者身为南唐中主,因受后周胁迫,处境艰难,语多忌讳,词中常借男女情爱寄寓他对人生痛苦的深切体认。抛开"妆镜"、"蝉鬓"、"凤钗"等物象之幻,不难看出作者以落花自况的身世之感。"风里落花"这一意象之所以在李璟词中反复出现,正是因其中寄托的人生不自由、不自主的无力感。

好的文艺作品在表达个体心灵感受之时,往往能够触发某种永恒的、回环往复的悲哀与快乐,就这首词来说,是由伤春惜别之情所感发的一种普遍的空虚与寂寞。

宋张先有名篇《天仙子》,或以为来自李璟这首词。张词结尾是:"重重帘幕密遮灯,风不定,人初静,明日落红应满径。"

[集评]

明沈际飞:流便。(《南唐二主词汇笺》,正中书局出版)

清陈廷焯《云韶集》卷一:"风不定"三字中有多少愁怨,不禁触目伤心也。结笔凄婉,元人小曲有此凄凉,无此温婉,古人所以为高。

俞陛云《唐五代两宋词选释》:词写春夜之愁怀。"初月"、"蝉鬓"句先言黄昏人倦。"重帘"三句更言楼静听风。下阕闻柳堤汲井,晓梦惊回,皆昨夜之情事。至结句乃点明更阑酒醒,愁病交加。通首由黄昏至晓起回忆,次第写来,柔情宛转,与周清真之《蝶恋花》词由破晓而睡起、而送别,亦次第写来,同一格局。其结句点睛处,周词云"露寒人远鸡相应",从行者着想;此言春愁兼病,从居者着想,词句异而言情写怨同也。

李煜词

采桑子

辘轳①金井梧桐②晚,几树惊秋。昼雨新愁③,百尺虾须④在玉钩。

琼窗⑤春断⑥双蛾⑦皱,回首边头⑧。欲寄鳞游⑨,九曲⑩寒波不溯⑪流。

[题解]

采桑子:《全唐诗》原名《采桑子》,为唐教坊大曲。冯正中词,名《罗敷艳歌》。李后主词,名《采桑子》或《丑奴儿令》。宋初词皆名《采桑子》,或《丑奴儿》。

本词杨慎《词林万选》卷四谓牛希济作。但《全唐五代词》中牛希济词未见此首。《古今词统》谓晏几道作,今传《小山词》中未载此阕。侯文灿本《南唐二主词》将此词与《虞美人》(风回小院庭芜绿)并列,并于《虞美人》词后注云:"以上二词墨迹在王季宫判院家。"此词既有后主墨迹,当以作后主词为是。王铚《默记》称李煜被俘后,住在汴京(今河南开封市)赐第,有故伎可以作乐,有一老卒守门,禁止出入。这首词抒写的就是他在亡国后,拘禁中秋愁无限,离情难寄的生活状态。

[注释]

①辘轳:利用轮轴原理制成的井上汲水的起重装置。南朝宋刘义庆《世说新语·排调》:"顾曰:'井上辘轳卧婴儿。'"北魏贾思勰《齐民要术·种葵》:"井,别作桔槔、辘轳。"原注:"井深用辘轳,井浅用桔槔。"宋朱敦儒《念奴娇·中秋月》词:"参横斗转,辘轳声断金井。"②金井:井栏上有雕饰的井。一般用以指宫廷园林里的井。梧桐:树木名。落叶乔木。种子可食。亦可榨油,供制皂或润滑油用。木质轻而韧,可制家具及乐器。古代以为是凤凰栖止之木。《诗·大雅·卷阿》:"凤凰鸣矣,于彼高冈。梧桐生矣,于彼朝阳。"孔颖达疏:"梧桐可以为琴瑟。"《庄子·秋水》:"夫鹓鶵发于南海,而飞于北海,非梧桐不止。"唐聂夷中《题贾氏林泉》诗:"有琴不张弦,众星列梧桐。须知澹泊听,声在无声中。"金井梧桐,说明时节是秋天。古人往往以金井梧桐体现秋怀。如唐李白《赠别舍弟台卿之江南》诗:"去国客行远,还如秋梦长。梧桐落金井,一叶飞银床。"唐王昌龄《长信宫词》:"金井梧桐秋叶黄。"周邦彦《蝶恋花》:"月皎金乌栖不定,更漏将残,辘轳牵金井。"③昼雨:一作"旧雨"。新愁:一作"和愁"。④虾须:帘子的别称。因帘子的形象像虾的触须,故称"虾须"。唐陆畅《帘》诗:"劳将素手卷虾须,琼室流光更缀珠。"元萨都剌《呈许荣达》诗:"呵笔题诗逸兴舒,翠帘寒重卷虾须。"清陈维崧《东风齐着力·花朝》词:"虾须半轴,蛾绿不曾描。"⑤琼窗:精致华美的窗子。琼,美玉。⑥春断:象征一切美好的景物和情事,都失去了。春,《词林万选》作"梦"。⑦双蛾:指美女的两眉。蛾眉,长而细的眉。南朝梁沈约《昭君辞》:"朝发披香殿,夕济汾阴河,于兹怀九逝,自此敛双蛾。"宋杨无咎《生查子》词:"愁来愁更深,黛拂双蛾浅。"《花月痕》第二十四回:"半晌,秋痕双蛾频蹙,皓齿微呈。"⑧边头:边疆;边远之地。唐王昌龄《塞下曲》之四:"边头何惨惨,已葬霍将军。"《英烈传》第十回:"但边头驿马有惊气,南行遇敌,切须戒慎。"清吴伟业《阆州行》:"扬州花月地,烽火似边头。"⑨鳞游:游鱼。《乐府诗集·相和歌辞十三·饮马长城窟行》:"客从远方来,遗我双鲤鱼。呼儿烹鲤鱼,中有尺素书。"后人遂以"双鲤"或"鱼信"代指书信。⑩九曲:迂回曲折。这里代指黄河。因

其河道曲折，故称。唐黄滔《融结为河岳赋》："三门九曲，竟呈升没之源；太华维嵩，交辟奔冲之路。"唐齐己《潇湘二十韵》："对兹伤九曲，含浊出昆仑。"元王实甫《西厢记》第一本第一折："九曲风涛何处显？则除是此地偏。"清孔尚任《桃花扇·劫宝》："九曲天险，只用莲舟荡漾。"⑪溯：逆流而上。《诗·秦风·蒹葭》："溯洄从之，道阻且长。"《文选·左思〈吴都赋〉》："葺鳞镂甲，诡类夥错，溯洄顺流，噞喁沈浮。"李周翰注："溯，逆流上也。言水物或逆上，或顺流。"苏辙《贺文太师致仕启》："方将翱翔嵩少之下，溯回伊洛之间。"清平步青《霞外攟屑·诗话下·宗涤楼观察诗》："如此江山入溯洄，顿从黍谷动葭灰。"

[评析]

词的上片写景。

首句"辘轳金井梧桐晚"点题。"梧桐树，三更雨，不道离愁正苦。""梧桐晚"，这个"晚"，兼有晚秋和黄昏两层含义。"几树惊秋"补足心情之郁结。既写树的惊秋，指树在秋风中落叶说的，也包含有人的惊秋在内。《楚辞·九歌·湘夫人》："袅袅兮秋风，洞庭波兮木叶下。""惊秋"，指梧桐树在秋风中落叶。又，宋玉《九辩》："悲哉秋之为气也。"所谓"感时花溅泪，恨别鸟惊心"。李煜在亡国被俘后的拘禁中，又逢深秋时节，怎能不感到悲苦惊心？"昼雨新愁"，秋风中的梧桐叶落，又同"昼雨"有关，引起了"新愁"。他的亡国之痛是旧愁，看到秋雨秋风引起的是新愁。这种"新愁"与"旧愁"叠加累积，"砌成此恨无穷数"！

这三句都是写户外之景，营造抒情氛围，是主观情感的外化。

"百尺虾须在玉钩"，这第四句应是第一句，此用倒叙之法。美人卷帘挂钩。室中人听见室外的秋声凄切，因此将珠帘卷起，见秋雨连绵，见井傍梧桐。从构境上说，这一帘幕并不仅仅是为增加画面效果而点缀的多余陈设，而是将户外景与室内人联结在一起的媒介。

上片的"辘轳"、"金井"、"梧桐"、"昼雨"、"虾须"、"玉钩"，这些具体的景物，烘托出独处一室的主人公未曾言明的无限情思。"新愁"二字，又为下片深入展开离情主题作了铺垫。

过片"琼窗春断双蛾皱"，点出女主人公的形象。

"琼窗"接"卷帘"而来，"玉"和"琼"，是品质贵重的，指示了女子品性身份之不俗。"春断"则是承上片秋晚而来。"春断"，诗词中的春往往是泛指，所谓"江水流春去不尽"，流走的是青春、生命与爱情等一切美好的可珍贵的东西。"断"字斩截，说明不再复返，永逝不回。

"回首边头"，回头想望边关，那日夜思念之人此时此刻又作何想？这首词虽然写的是常见闺怨题材，但其中当然不乏更深的寄托。他在《虞美人》里说："故国不堪回首月明中。"对于闺中人来说，"边头"之值得回首，是因为那里有至亲至爱，有团圆美满的人生幸福的希望。对于李煜来说，相对于今日痛苦不堪的生活，则是充满快乐自由的"故土"，是理想之地。而更广义上说，"回首边头"表达的是人类对于失去的伊甸园的永恒向往。

词在结尾，波澜再起："欲寄鳞游，九曲寒波不溯流。"因为那人现在天涯（"边头"），因相见无由，所以欲寄书信（"鳞游"），却怎奈河水九曲，寒波凛凛。鱼不能溯流而上，即鱼书难递，说明因不能通信而陷入深深的痛苦与绝望之中。

尽管后主词多抒写男女相思、离别之情，但由于其天性的敏锐善感，加上他后期所经历的世人罕有的沉哀巨痛的人生遭际，所以"堂庑特大，感慨极深"，令人常作深远宏阔之思。所谓从伶工之词一变而为士大夫之词，盖从其词品、词境之高迈而言。

[集评]

明沈际飞《草堂诗余正集》：何关鱼雁山水，而词人一往寄情，煞甚相关。秦、李诸人，多用此诀。

明李于鳞：上，秋愁不绝浑如雨；下，情思欲诉寄与鳞。又云："观其愁情欲寄处，自是一字一泪。"（引自《南唐二主词汇笺》）

明卓人月《古今词统》卷四：徐士俊云：后主、易安直是词中之妖。恨二李不相遇。

俞陛云《唐五代两宋词选释》：上阕宫树惊秋，卷帘凝望，寓怀远之思。故下阕云："回首边头。"音书不到，当是忆弟郑王北去而作，与《阮郎归》词同意。又：此词墨迹在王季宫判院家。《墨庄漫录》称："后主书法遒劲可爱，可称书词双美。"又：此调曲谱作《丑奴儿令》。

采桑子

亭前春逐红英①尽，舞态②徘徊。细雨霏微③，不放④双眉时暂开。

绿窗⑤冷静芳音⑥断，香印⑦成灰。可奈情怀⑧，欲睡朦胧入梦来。

[题解]

采桑子：《全唐诗》原名《采桑子》，为唐教坊大曲。又名《杨下采桑》。至冯正中词，则名《罗敷艳歌》。后主用此调名《采桑子》，又名《丑奴儿令》。宋词沿此二名。俞陛云《唐五代两宋词选释》，把这首词和《喜迁莺》并在一起，都判为后主失国后所作。尤其因本首有句："不放双眉时暂开。"他凭这样一句词，便做了如下的猜测："《采桑子》词之'眉头不放暂开'，殆受归朝后禁令之严，微有怨词耶？"

这是一首春天怀人的词。所写的是人生的深切悲哀：欢乐的消失，心上人的消失。

[注释]

①红英：红色的花朵。②舞态：落花随风飞旋飘舞的样子。③霏微：叠韵形容词，这里表示细雨纷纷。霏，雨雪细小而密的样子。《诗·小雅·采薇》："雨雪霏霏。"唐李端《巫山高》："回合云藏日，霏微雨带风。"④不放：意谓终日愁眉不展。⑤绿窗：绿色纱窗。泛指女子居室。唐李绅《莺莺

歌》:"绿窗娇女字莺莺,金雀娅鬟年十七。"唐韦庄《菩萨蛮》词:"劝我早归家,绿窗人似花。"⑥芳音:犹言佳音。芳音,一作"芳英"。⑦香印:即印香。唐宋时期,点香计时。把香料研为细末,调和均匀后洒在铜制印盘内,印成回纹图案或文字,点其一端,依香上的篆形印记,烧尽计时。烧尽后,香灰仍是原样。唐白居易《酬梦得见戏长斋》诗:"香印朝烟细,纱灯夕焰明。"唐王建《香印》:"闲坐印香烧,满户松柏气。"南唐冯延巳《鹊踏枝》:"香印成灰,起坐浑无绪。"宋李清照《满庭芳》:"篆香烧尽,日影下帘钩。"多制成篆文"心"字形状。宋蒋捷《一剪梅》:"心字香烧。"清纳兰容若《梦江南》词:"心字已成灰。"⑧可奈:怎奈,难以忍受的意思。情怀:心情。唐杜甫《北征》诗:"老夫情怀恶,呕泄卧数日。"

[评析]

开首写户外的景色。这首小词中所写的时间,应该是暮春时节。

"亭前春逐红英尽,舞态徘徊。"细雨迷蒙,红花飘零,营造出一种凄凉冷寂的环境气氛,是以衰景衬哀情。春光流逝本是自然规律,但用一"逐"字,仿佛春天有意追随落花溜走,写出了春光飞逝的快速。在词人眼里,将春天人格化了。"舞态徘徊",也将花儿人格化了。那弱质红颜,风流无端,仍自徘徊人间,流连不舍,想到这里,已令人"泪湿最高枝",更哪堪"细雨霏微"!这细雨如同国画中的晕染,让原本凝结的愁绪更进一步弥漫开来。这里无须言说的是因自然、生命、春天的消逝而感发的惆怅,而这惆怅又因生活本身的不如意变为更深沉的憾恨。若能日日相对"如花美眷",又何须在意那"似水流年"!

"不放双眉时暂开",是说主人公愁眉终日不展。双眉紧锁,本是静态的形象,但用"不放"二字,则像是故意不让双眉有片刻的舒展,"不放"二字的主语是人吗?难道有谁不想快快乐乐地度过这一世短促的光阴?之所以日日愁眉不展,只因为放不下那纠结的心事罢了,正所谓"才下眉头,又上心头"。

下片说主人公独自在绿纱窗下静候伊人的到来。

过片"绿窗冷静芳音断,香印成灰",写情人音讯断绝,情怀甚恶,无可奈何,形于梦寐。紧承上片,申诉愁眉不展的原因。绿色为冷色,正衬出主人公情怀的落寞,故下缀"冷静"二字。"芳音",当指恋人的消息;下缀"断"字,便足见中有阻隔,情缘难续。"冷静",既是对深闺幽闭、枯坐独处的现状的真实摹写,也是"断"的结果,或者还暗含了一个对于两情相悦、嬉笑欢歌的不"冷静"的过去之回忆。

"香印成灰",一方面由于印香多制成篆文"心"字形状,这一句比喻主人公此情无计可消除,亦无可寄托的心灰意冷;另一方面印香燃尽,暗示时间的缓慢推移,渲染出主人公久候之苦。所谓"一寸相思一寸灰",所谓"蜡炬成灰泪始干",皆是。

结尾别开生面,"可奈情怀,欲睡朦胧入梦来"。一方面,以伊人之"入梦来",反衬出主人公的久待成空。另一方面,梦中可能相聚,也可能仍然不见,"睡也无聊,醉也无聊,梦也何曾到谢桥?"表现的是醉睡无聊,"无可奈何花落去"的心情。

这首词尽管从词人的初衷来说,可以仅仅是写不能割舍和释怀的男女相思之情;但从文学接受的角度来说,未必不能以为其中有所寄寓。

生命原本是一个不断失去的过程,青春、爱情、亲人乃至于肉身的存在。在没有普世宗教的中国文化中,这种面对更为艰难,文学与艺术或许能提供一定的心理治疗的作用。既然太阳神的情人西比尔因为可以永生而苦苦地诉求"我想死,我想死",人类就没有理由不因一切美好的短促和注定失去而更加执著。恋恋红尘,就在这一刻永生。

[集评]

清陈廷焯《词则·别调集》卷一:幽怨。

长相思

云一绹①,玉一梭②,澹澹衫儿薄薄罗③,轻颦④双黛螺⑤。秋风多,雨相和⑥,帘外芭蕉三两窠⑦,夜长人奈何。

[题解]

《长相思》被南宋曾慥《乐府雅词》收入,名为《长相思令》,以为孙霄之作。又一本旁注:"一作李后主词。"王国维《南唐二主词》,判为李煜作品。这首词写闺怨,抒发一位女子秋雨之夜中的相思之情。

[注释]

①云:指头发。绹:量词。女子的一束头发旋转盘结而成的发髻。元薛惠英《苏台竹枝词》:"一绹凤髻绿如云,八字牙梳白似银。"②玉一梭:指女子头上插着的形状像梭子的玉簪、玉钗之类的发饰。③澹澹:同淡淡,指衣裳的色调清淡。罗:指罗裙。④颦:皱眉。⑤黛螺:即螺黛,古代女子用以画眉的一种青绿色矿物颜料。《隋遗录》:(隋炀帝)殿脚女争效为长蛾眉。司宫吏日给螺子黛五斛,号为蛾绿。螺子黛出波斯国。词作中多借指眉毛。宋欧阳修《阮郎归》:"浅螺黛,淡胭脂,闲妆取次宜。"又词作中也往往以"黛"字代指眉。宋欧阳修《玉楼春》:"春山敛黛低歌扇。"⑥相和:一作"如和"。⑦窠:同"棵",一丛。草本植物一根多茎,谓之一窠,植物一株即一棵。

[评析]

上片从头发、装饰,写到人物的表情,宛如一幅风格清雅的仕女图卷,所谓"未成曲调先有情",未及言怨,而哀婉之情已然蕴藉无限。

起三句,"云一绹,玉一梭,澹澹衫儿薄薄罗"。"云"谓头发,是形容它的轻柔和浓密。温庭筠《菩萨蛮》中有云"鬓云欲度香腮雪",杜甫《北征》中有云"香雾云鬟湿",都是以女子头发之美来写其面貌形容的整体曼妙。"玉"字形容簪子的晶莹温润,亦暗示女子性格品性之贵重平和。"澹澹衫儿薄薄罗",谓衫儿用淡色的薄罗做成。"澹澹"和"薄薄"两组重叠字妙用,既是说服饰的质地,也是说其颜色,只此四字已将其与不喜"新帖绣罗襦,双双金鹧鸪"的清雅趣味、超逸格调表露无遗。陆游《南唐书》卷一三记载:大周后"创为高髻,纤裳及首翘鬓朵之妆,人皆效之"。李煜这词中的女子当然不必一定是大周后,但所写装束正符合彼时"高髻,纤裳及首翘鬓朵"的典型南唐内官样式。更印证了"无边落木溶溶月,不语池塘淡淡风"才是真富贵之气象。

第四句"轻颦双黛螺",即韦庄《女冠子》词中所谓"含羞半敛眉",写双眉似皱不皱,形容女子情思婉转的神态。此一"轻"字与上文之"澹澹"和"薄薄"相呼应,显示其大家风气,绝非"老女不嫁,抢地呼天"者,倒是颇似李白的《怨情》:"美人卷珠帘,深坐颦蛾眉。但见泪痕湿,不知心恨谁。"实得温柔敦厚之致。

下片"秋风多,雨相和,帘外芭蕉三两窠",不过是以景写心,抒发其有节制的浅浅的哀愁。南宋词人吴文英《唐多令》云:"何处合成愁?离人心上秋。纵芭蕉不雨也飕飕!"这里若隐若现地点出女主人公心绪低沉的由来。

值得品味的是,这三句虽然写到了秋风、秋雨和芭蕉,但并不是秋风秋雨愁煞人,"多"也罢,"相和"也罢,"三两窠"也罢,都是对事实客观而平静的描述,细细说来,其中情意,何等深厚而绵长!

最后一句"夜长人奈何"是独白,是不求解答的感喟,是对自身处境的明白通晓。整首词不言怨、不言恨,如陈廷焯所言是"凄婉",也正因这一份"凄婉",令人生怜。

我们说文学艺术的优秀作品应该是形式和内容的完美结合,正如缁衣素服宜于丧葬之时,你穿成吉卜赛女郎一样花红柳绿的是找打去。同样,这首词艺术上纯用白描手法,脱口而出,无矫揉造作之嫌。无论写景抒情，皆自然无雕饰，其塑造的人物形象和抒发的人物情感，淳厚而委婉，形成了整体上的和谐之感。从审美品位上说，已离唐风甚远，而启宋韵之先。

[集评]

明沈际飞《草堂诗余续集》卷上："多"字"和"字妙。"三两窠"亦嫌其多也。

明卓人月《古今词统》卷三：徐士俊云"云一绹，玉一梭"缘饰尤佳。

清陈廷焯《云韶集》卷一：字字绮丽，结五字婉曲。

清陈廷焯《词则·闲情集》卷一：情词凄婉。

唐圭璋《李后主评传》：叠写出美人的颜色、服饰、轻盈袅娜，正是一个"梨花一枝春带雨"的美人，而后叠拿风雨的环境，衬出人的心情，浓淡相间、深刻无匹。

捣练子令

深院静，小庭空。断续寒砧①断续风。无奈夜长人不寐，数声和月到帘栊②。

[题解]

《捣练子令》：唐教坊曲名。即《捣练子》，《尊前集》、《花草粹编》、《全唐诗》均无"令"字。杨慎《词品》："词名《捣练子》，即咏捣练。乃唐词本体也。"此调二十七字。单调。

清徐釚《词苑丛谈》云："李后主此词，尚有上阕，盖即《鹧鸪天》变体。"此说不确，他录的上阕，平仄句法与《鹧鸪天》不合；又非咏捣练内容；其中有两句是白居易诗。此词《尊前集》谓冯延巳作，但冯词《阳春集》未载。

捣练：古代女子将绢（生丝织成）用木杵捣软成熟绢，以便裁制衣服。

这首词题咏本事，通过对一位失眠者夜听寒砧捣练之声的描绘，写出了抒情主人公的离怀愁绪,"无奈"二字为全篇主旨。

[注释]

①寒砧:亦作"寒碪"。指寒秋的捣衣声。唐沈佺期《古意呈补阙乔知之》诗:"九月寒砧催木叶,十年征戍忆辽阳。"唐李贺《龙夜吟》:"寒碪能捣百尺练,粉泪凝珠滴红线。"《水浒传》第二十一回:"谯楼禁鼓,一更未尽一更催;别院寒砧,千捣将残千捣起。"砧,捣衣石。汉班婕妤《捣素赋》:"于是投香杵,扣玟砧,择鸾声,争凤音。"唐韩愈《和崔舍人咏月》:"牖光窥寂寞,砧影伴娉婷。"李璟《望远行》词:"辽阳月,秣陵砧,不传消息但传情。"清纳兰容若《密云》诗:"日暮行人寻堠馆,凉砧一片古檀州。"②帘栊:挂有帘子的窗户。栊,窗上棂木,窗户。汉班婕妤《自悼赋》:"广室阴兮帷幄暗,房栊虚兮风泠泠。"南朝宋谢惠连《七月七日夜咏牛女》:"落日隐櫩楣。升月照帘栊。"宋王安石《送和甫至龙安暮归》诗:"房栊半掩无人语,鼓角声中始欲愁。"明乔卧泉《排歌·秋怨》曲:"铁马檐前,终宵骤风,难禁响遏帘栊。"清王士祯《燕子矶阻风寄丁继之》诗:"十月秦淮水,闻歌敞绮栊。"

[评析]

开头二句六字,用对仗写出深院、小庭之空寂:"深院静,小庭空。"第一句诉诸听觉,第二句则诉诸视觉,一个"深"字言其幽闭,"静"字点明其谧宁,"小"字说明其范围不大,"空"字则说明其孤零。以居处环境的局促宁静写主人公心灵的孤寂空虚。

第三句是词的核心,用重叠的"断续"写出静极中的"寒砧",以进一步加强开头的空寂之感。砧是古代妇女的捣衣石。"砧"前着一"寒"字,说明已经到了深秋季节。在古典诗词中常用"砧上捣衣"以叙写夫妇或情人相互思念的情愫。唐张若虚《春江花月夜》:"可怜楼上月徘徊,应照离人妆镜台。玉户帘中卷不去,捣衣砧上拂还来。"李白《子夜吴歌·秋》曰:"长安一片月,万户捣衣声。秋风吹不尽,总是玉关情。何日平胡虏,良人罢远征。"杜甫《捣衣》曰:"亦知戍不返,秋至拭清砧。已近苦寒月,况经常别心。宁辞捣衣倦,一寄塞垣深。用尽闺中力,君听空外音。"

后主这首词不是从习见的"思妇"的抒情视角,而是从听砧人的角度展开。"深院静,小庭空"是听砧的环境氛围。院静庭空,捣衣声才更显清亮悠长。此动静相生之理,与"蝉噪林逾静,鸟鸣山更幽"相通。砧声的断续,当然是因为捣衣动作的起起落落,前一"断续"写出寒夜捣砧的节奏间歇;也是因为秋风时紧时歇的关系,后一"断续"写出风声的节奏间歇。并且,从音响效果来说,"断续"的重复反而造成了似断又续、缠绵不绝的感觉。这就令失眠之人更加难堪,烦闷郁结之情绪越来越强烈。

最后,直接推出两句:"无奈夜长人不寐,数声和月到帘栊。"所谓"不眠知夜永",正因"不寐"始觉"夜长",因"夜长"而增生"无奈"。这二字,道尽愁人心态:一切烦恼皆菩提。月光,砧声又何辜哉?此处直抒胸臆,将上面三句隐寓于心的主观感受一吐为快。

结句又将声响和视觉形象结合起来描绘:"数声和月到帘栊。""数声"当指砧声,"和月"犹言伴随着月光,"到帘栊"系兼指砧声和月色而言。这也是一种拟人化表述,其主观感受的色彩尤为浓重。

这首小令,写于作者晚年,表现了他极度的寂寞和痛苦。非李煜那样历人生之深哀巨痛者万难知晓,若以"闺中寂寞"来理解,只恐是"看轻"了。更难得的是他能于痛定思痛之时,以行云流水般的笔触将如此深刻而细腻的人生感受定格。尘世实苦,所以千载而下,后主之词仍知音不乏!

[集评]

明杨慎《词品》:李后主《捣练子》云:……词名《捣练子》,即咏捣练,乃唐词本体也。

清陈廷焯《云韶集》卷一：古人以词名为题，他本增"秋阑"二字，殊属恶劣。

王国维《南唐二主词》校勘记："可怜九月初三夜，露似珍珠月似弓。"此乐天《暮江吟》后二句，见《白氏长庆集》卷十九。后主不应全袭之。且《鹧鸪天》下半阕，平仄亦与《捣练子》不合，显系明人赝作。

俞陛云《唐五代两宋词选释》：曲名《捣练子》，即以咏之。乃唐词本体。首二句言闻捣练之时，院静庭空，已写出幽悄之境。三句赋捣练。四、五句由闻砧者说到砧声之远递。通首赋捣练，而独夜怀人情味，摇漾于寒砧断续之中，可谓极此题之能事。杨升庵谓田本以此曲为《鹧鸪天》之后半首，尚有上半首云："塘水初澄似玉容，所思远在别离中，谁知九月初三夜，露似珍珠月似弓。"案《鹧鸪天》调，唐人罕填之。况"塘水"四句，全与捣练无涉，升庵之说未确。但露珠月弓，传诵词苑，自是佳句。

俞陛云《南唐二主词辑》："通首赋捣练，而独夜怀人情味，摇漾于寒砧断续之中，可谓极此题能事。"

唐圭璋《屈原与李后主》：后主始无奋斗之志，后亦不思奋斗，平居贪欢作乐，国危则日夜戚伤。其《捣练子》云"无奈夜长人不寐"，《相见欢》云"无奈朝来寒雨晚来风"，朝朝暮暮，只觉无奈。

唐圭璋《唐宋词简释》：此首闻砧而作，起两句，叙夜间庭院之寂静。"断续"句叙风送砧声，庭愈空，砧愈响。长夜迢迢，人自难眠，其中心之悲哀，亦可揣知。"无奈"二字，曲笔径转，贯下十二字，四层含意。夜既长，人又不寐，而砧声、月影，得并赴目前，此境凄迷，此情难堪矣。杨升庵谓此乃《鹧鸪天》下半阕，然平仄不合，杨说殊不可信。

浣溪沙

红日已高三丈透①，金炉次第②添香兽③。红锦地衣④随步皱⑤。

佳人⑥舞点金钗溜⑦,酒恶⑧时拈花蕊嗅。别殿遥闻箫鼓奏⑨。

[题解]

《浣溪沙》一般押平声韵,此首押仄声韵,又是一体。这首词见于《西清诗话》,应是作者早期的作品,是对其宫廷生活片段的截录。

[注释]

①透:过的意思。②次第:依次,纷纷。唐白居易《东坡种花》诗:"百果参杂种,千枝次第开。"唐刘禹锡《秋江晚泊》诗:"暮霞千万状,宾鸿次第飞。"唐杜牧《过华清宫》诗:"长安回望绣成堆,山顶千门次第开。"宋辛弃疾《鹧鸪天》词:"只愁画角楼头起,急管哀弦次第催。"③香兽:以炭屑为末,杂以香料,制成各种兽形的燃料。《晋书·羊琇传》:琇性豪侈,费用无复齐限,而屑炭和作兽形以温酒,洛下豪贵咸竞效之。④红锦地衣:红锦织成的地毯。唐宣州曾进贡丝织地毯,费资费工,供帝王享乐。唐白居易作《新乐府》刺之:"地不知寒人要暖,少夺人衣作地衣。"⑤随步皱:地衣随着宫人舞步的旋转打起了皱纹。⑥佳人:美人。汉司马相如《长门赋》:"夫何一佳人兮,步逍遥以自虞。魂逾佚而不反兮,形枯槁而独居。"⑦舞点:舞步的节拍。点,节拍。溜:滑脱意。以金钗滑落显示舞蹈节奏之快。清蒲松龄《增补幸云曲第十六曲》:"我打的不是板,你弹的也没有点。"⑧酒恶:喝酒至微醉欲呕时的感觉。宋赵令畤《侯鲭录》卷八:"金陵人谓中酒曰酒恶,则知后主词曰'酒恶时拈花蕊嗅'用乡人语也。"⑨别殿:帝王居处。正殿以外有别殿。唐王勃《春思赋》:"洛阳宫城纷合沓,离房别殿花周匝。"箫鼓:箫与鼓。泛指乐奏。南朝梁江淹《别赋》:"琴羽张兮箫鼓陈,燕赵歌兮伤美人。"箫,一种竹制管乐器。古代的箫用许多竹管编成,有底;后代的箫只用一根竹管制成,不封底,直吹。

[评析]

这首词写的是一场宫廷盛会。

首句标明时间:"红日已高三丈透",快到中午了,这位才子皇帝才睁开了眼,不禁令人疑惑,李煜你就算不是一位宵衣旰食的好皇帝,可是这个时候才起来,恐怕早过了早朝的时间了吧?

"金炉次第添香兽",太监宫女都忙起来。有的络绎不绝地添着金炉的炭火。皇家的炉炭贵重无比。炉是金子制成的;炭先研成粉末,和以香料,再做成兽形的香饼以供燃烧。周邦彦《少年游》:"锦幄初温,兽香不断,相对坐弹笙。"殿堂上宫女们各司其职,有捧杯盘的,有持巾扇的,纷至沓来。随着时间的潜移,整个宫廷渐渐苏醒过来了。

　　一切准备就绪,做什么呢?一幅宫廷盛宴的靡丽画卷将再次展开。

　　过片写舞女的舞姿舞态。"佳人舞点金钗溜",写美人随着节拍急舞,不知不觉金钗下滑。曾觌《好事近》写道:"丝膏暗,随檀板,看舞腰回雪。"檀板,即用来打拍子的。"金钗溜",既写音乐节奏之快,也写出舞者和观者的沉醉。后主才思精敏,颇知音律。自纳大周后、小周后,更加耽于歌舞。日日沉溺于此,谱新声,制新舞,把国家大事全抛脑后。有个御史叫张宪的上书劝谏。他虽赏张宪三十匹帛,奖他敢谏,然而耽乐如故,并不听从。

　　"酒恶"句颇耐回味,因为已经有些蒙眬醉意,所以随手摘下一枝花,放在鼻下嗅着,希望以此减轻些不舒服的感觉。这句看似不经意的人物动作描写异常真实地反映了彼时彼地李煜独特的心理状态。时值北宋初年,宋太祖尚未决策立即平定江南。李煜也不是一位有深谋远虑的国君,总以为可以苟且偷安,饮鸩止渴,乐得一时是一时。但恐凉风乍起于秋萍之末矣。

　　末句通过声响过渡。远远传来的别殿箫鼓究竟意味着什么?前人多以为那是另一场盛宴的开始,所谓你方唱罢我登场,又换了一番声词乐谱、故事情节、角色人物罢了。"开到酴醾花事了",这日以继夜的末日狂欢究竟不可长久,开宝七年(974),宋太祖攻下金陵,李煜终于肉袒出降,做了俘虏。

[集评]

宋李颀《古今诗话》欧公云：诗源于心，贫富愁乐，皆系其情。江南李氏宫中诗曰："红日已高三丈透……"与夫"时挑野菜和根煮，乱斫生柴带叶烧"异矣。(引自郭绍虞《宋诗话辑佚》)

宋陈善《扪虱新话》卷七：帝王文章自有一般富贵气象。

清贺裳《皱水轩词筌》：写景文工者，如尹鹗"尽日醉寻春，归来月满身"，李重光"酒恶时拈花蕊嗅"……皆入神之句。

清沈雄《古今词话·词辨》上卷：李后主用仄韵，"红日已高三丈透"固是绝唱。

俞陛云《唐五代两宋词选释》：《扪虱新话》云："帝王文章自有一般富贵气象。"此语诚然。但时至日高三丈，而炉始添兽炭；宫人趋走，始踏皱地衣，其倦勤晏起可知。恣舞而至金钗溜地，中酒而至嗅花为解，其酣嬉如是而犹未满足，箫鼓尚闻于别殿。作者自写其得意，为穆天子之乐未央，适示人以荒宴无度。宁止杨升庵讥其忒富贵耶；但论其词，固极豪华妍丽之致。

唐圭璋《唐宋词简释》：此首写江南盛时宫中歌舞情况。起言，红日已高，点外景。次言金炉添香，地衣舞皱，皆宫中事。换头承上，极写宴乐。金钗舞溜，其舞之盛可知。花蕊频嗅，其醉之甚可知。末句，映带别殿箫鼓，写足处处繁华景象。

龙榆生《南唐二主词叙论》：描写宫中豪侈生活者如《浣溪沙》……后二首（本阕及《玉楼春》"晚妆初了明肌雪"）则富丽中饶有清气，想见后主前期生活之舒适。

浪淘沙

帘外雨潺潺①，春意阑珊②。罗衾③不耐④五更⑤寒。梦里不知身是客⑥，一晌⑦贪欢⑧。

独自莫凭阑⑨，无限江山⑩。别时容易见时难⑪。流水落花春去也，天上人间⑫。

[题解]

《浪淘沙》，唐教坊曲名，原为七言绝句，从李煜始改为两段令词，五十四字，十句八平韵，也名《浪淘沙令》、《卖花声》等。此首咏调名本意。

这首怀恋故土的哀歌，抒发了凄切的黍离之悲，低沉而悲怆。创作时间大概是在李煜到汴京后第三年（978）的暮春时节，当为其辞世前不久所作。词人以梦境中的"一晌贪欢"与冷酷的现实形成强烈的反差，在鲜明的今昔对比中凸显深沉的亡国之痛。正如王国维所说："词至李后主而眼界始大，感慨遂深。"（《人间词话》）

[注释]

①潺潺：本形容流水声，这里指雨声。唐柳宗元《雨中赠仙人山贾山人》诗："寒江夜雨声潺潺，晓云遮尽仙人山。"②阑珊：衰落，残尽。指春光即将消逝。③罗衾：丝绸做的被子。④不耐：不敌，禁受不住。⑤五更：旧时自黄昏至拂晓一夜间，分为甲、乙、丙、丁、戊五段，谓之"五更"。又称五鼓、五夜。南朝陈伏知道《从军五更转》诗之五："五更催送筹，晓色映山头。"⑥客：囚客，与《破阵子》中的"臣虏"意思相同。⑦晌：一会儿，片刻。唐白居易《对酒》："无如饮此销愁物，一饷愁消直万金。"⑧贪欢：贪恋欢乐。《敦煌曲·喜秋天》："何处贪欢醉不归，羞向鸳衾睡。"⑨凭阑：倚栏远望。⑩无限江山：指原属南唐辖地的大好河山。江山，一作"关山"。⑪别时容易见时难：《颜氏家训·风操》："别易会难，古人所重。"三国魏曹丕《燕歌行》："别日何易会日难。"⑫天上人间：唐张泌《浣溪沙》："天上人间何处去，旧欢新梦觉来时。"这里既指时空的变化之大，也指人生境遇变化之剧烈。

[评析]

上片以倒叙的手法先写梦醒后的环境和感受，听雨声，感春寒，伤春逝。

"帘外雨潺潺，春意阑珊。"所谓"更能消几番风雨，匆匆春又归去"（辛弃疾《摸鱼儿》）。室外春雨淅沥，惊醒了作者的残梦，起视窗外，在风雨的摧残之下，百花凋零、春意消歇。"罗衾不耐五更寒。""寒"字，为全词定下了凄冷的基调。这不单是一种身体感受，更多的是一种心理感受。一如冯延巳词句："砌下落花风起，罗衣特地春寒。"（《清平乐》）以"罗衾"代指人物，点出词人形象。时间虽是晚春，但作者心中却是无法承受的寒冷："东风临夜冷于秋。"或许，这里还隐含着处在高度的压抑与恐惧的囚徒生活中的词人某种对处境危险的敏感。

"梦里不知身是客，一晌贪欢。"其《渡江望石城泣下》诗云："江南江北旧家乡，三十年来梦一场。"前半生的快乐生活对他来说确实无异于黄粱一梦。而最后的岁月里，也只有在梦寐中，才有片刻欢乐。因为只有梦中才能忘记身为亡国之君的屈辱处境，返回往昔的美好岁月。"贪"写出词人对进入梦乡的向往，这不仅是对往日生活的依恋，也是对现实的无法面对。"一晌"强调这欢娱的稍纵即逝，虚幻的欢娱反衬出真实的悲哀，长久囚禁的痛苦与片刻欢乐的梦境形成强烈的反差。

上片从听觉，到视觉，到感觉，再到心理和梦境，由浅入深，由表及里，逐步深入地把作者内心的痛苦和悲凉，作了委婉曲折的表现。

下片则宕开梦境，转写眼前情事，直抒胸臆，点出故国之思。

"独自莫凭阑，无限江山。""独自"写出被囚禁的岁月里与世隔绝的孤独。这种情感在囚徒之歌中屡有表现："一桁珠帘闲不卷，终日谁来"（《浪淘沙》）；"高楼谁与上"（《子夜歌》）；"无言独上西楼"（《乌夜啼》）。与客观的表现孤独的情状相比，这里加上一个"莫"字，显得决绝而富于无限悲慨。再不能像"旧时游上苑"，那时无限江山，以我为主，而今日独自凭栏远眺，只会更清醒地认识到所失去的是什么！"别时容易见时难"，看似平淡直白的表述中蕴涵着对过往执政经历中种种过失的深切悔恨，也反映了对被禁锢生活的无限伤痛。

人生最大的痛苦莫过于失去后才意识到其无与伦比的意义与价值，而更大的痛苦是这种失去是绝对无可挽回的："流水落花春去也，天上人间。"

结句与开头"春意阑珊"遥相照应，作者以水流、花落、春去三个一旦消失永不复返的意象，进一步表现对于人生的绝望。所谓"自是人生长恨水长东"，所谓"林花谢了春红"，所谓"春花秋月何时了"，这种囚徒的悲歌声声，吟唱着凄凉而不可逆转的人生悲剧："天上"与"人间"，是欢乐与痛苦的两极对立，是从天堂到地狱。

王国维说："尼采谓'一切文学，余爱以血书者'，后主之词，真所谓以血书者也。"（《人间词话》）无论何种原因，人世间的至哀至痛，莫不源于绝望，也莫不极于绝望，所以词作于此戛然而止，留下沉重的幻灭感笼罩在后世每一个不快乐的灵魂深处，随星移斗转而回环往复。

[集评]

宋胡仔《苕溪渔隐丛话》前集卷五九引《西清词话》云：南唐李后主归朝后，每怀江国，且念嫔妾散落，郁郁不自聊，尝作长短句云："帘外雨潺潺……"云云。含思凄婉。未几下世。

明沈际飞《草堂诗余正集》卷一："梦觉"语妙，那知半生富贵，醒亦是梦耶？末句，可言不可言，伤哉。

明李攀龙《草堂诗余隽》卷二：结句"春去也"，悲悼万状，为之泪不收久许。

清贺裳《皱水轩词筌》：南唐主《浪淘沙》曰："梦里不知身是客，一晌贪欢。"至宣和帝《燕山亭》则曰："无据，和梦也有时不做。"情更惨矣。呜呼，此犹《麦秀》之后有《黍离》也。

清郭麐《灵芬馆词话》卷二：绵邈飘忽之音，最为感人深至。李后主之"梦里不知身是客，一晌贪欢"所以独绝也。

清许昂霄《词综偶评》：《浪淘沙》全首语意惨然。

清谭献《谭评词辨》卷二：雄奇幽怨，乃兼二难。后起稼轩，稍伦父矣。

清陈廷焯《词则·大雅集》卷一：结得怨悱，尤妙在神不外散，而有流动之致。

清陈廷焯《云韶集》卷一：凭栏远眺，百端交集，此词播之管弦，闻者定当堕泪。

清陈锐《褎碧斋词话》：古诗："行行重行行"寻常白话耳；赵宋人诗亦说白话，能有此气骨否？李后主词"帘外雨潺潺"，寻常白话耳，金元人词亦说白话，能有此缠绵否？

王闿运《湘绮楼词选》前编：高妙超脱，一往情深。

王国维《人间词话》："流水落花春去也，天上人间。"《金荃》、《浣花》能有此气象耶？

俞陛云《唐五代两宋词选释》：言梦中之欢，益见醒后之悲。昔日歌舞《霓裳》，不堪回首。结句"天上人间"，怆然欲绝，此归朝后所作。尚有《破阵子》词，则白马迎降时作。其词末句云："最是仓皇辞庙日……挥泪对宫娥。"人讥其临别之泪，不挥宗社而对于宫娥，讥之诚当；但词则纪当时实事，想见其去国惨状，《浪淘沙令》尤极凄黯之音，如峡猿之三声肠断也。

刘永济《唐五代两宋词简析》：此亦托为别情，实乃思念故国之词。"流水"句，以比"见时难"也，"流水"、"落花"、"春去"，三事皆难重返者。当未流、未落、未去之时，比之已流、已落、已去之后，有如天上之比人间，以见重见别后之江山，其难易相差，亦如此也。

俞平伯《读词偶得》：上片系倒叙，由一晌贪欢而梦醒，由醒而觉得五更寒，由凄寒失寐，而听雨声。下文言无限江山，夫江山虽实境，而无限江山则虚。雄奇不难，幽怨亦不难，兼之，难矣。凡此所录，如《虞美人》第一，《相见欢》及本阕，皆可谓美尽刚柔者矣。

唐圭璋《唐宋词简释》：此首殆后主绝笔，语意惨然。五更梦回，寒雨潺潺，其境之黯淡凄凉可知。"梦里"两句，忆梦中情事，尤觉哀痛。换头宕开，两句自为呼应，所以"独自莫凭阑"者，盖因凭阑见无限江山，又引起无限伤心也。此与"心事莫将和泪说，凤笙休向泪时吹"，同为悲愤已极之语。辛稼轩之"休去倚危阑，斜阳正在烟柳断肠处"亦袭此意。"别时"一句，说出过去与今后之情况。自知相见无期而下世亦不久矣。故"流水"两句,即承上申说不久于人世之意。水流尽矣,花落尽矣,春归去矣,而人亦将亡矣。将四种了语,并合人处作结,肝肠断绝,遗恨千古。

唐圭璋《李后主评传》:一片血泪模糊之词,惨淡已极。深更半夜的鹃啼,巫峡两岸的猿啸,怕没有这样哀吧!宋徽宗被虏北行也作一首《燕山亭》词,结末道:"万水千山……除梦里、有时曾去。无据,和梦也有时不做。"这两位遭遇同等的"风流天子",前后如出一辙。《长恨歌》结尾说:"天长地久有时尽,此恨绵绵无尽期。"我们读他的词,也有这样的感想。后来词人,或刻意音律,或卖弄典故,或堆垛色彩,像后主这样纯任性灵的作品,真是万中无一。因此我们说后主词是空前绝后,也不过分吧。

浪淘沙

往事只堪哀①,对景难排②。秋风庭院藓侵阶③,一桁④珠帘闲不卷,终日谁来?

金锁已沉埋,壮气蒿莱⑤。晚凉天净月华开⑥,想得玉楼瑶殿⑦影,空照秦淮⑧。

[题解]

《浪淘沙》,唐教坊曲名。唐人《浪淘沙》为七言一句,至李煜始制二段,每段尚存七言诗两句,这是李煜因旧曲名而另创的新声。《古今词统》题作《在汴京念秣陵作》,沈际飞《续草堂诗余》题作《感念》。此词昔已散佚,录自池州夏氏家藏。

词作抒写囚在汴京怀想秣陵之感。作者站在一个亡国之君的立场,抒发他的哀痛心情。

[注释]

①只堪哀:只能令人悲痛。②排:排遣;消释。③藓:苔藓,生长在阴湿地方的一种隐花植物。台阶上长满了苔藓,表明阶上已久无人行。侵:此处

指蔓延。④一桁：也作一行，读仄声。即一挂，一列。唐杜牧《十九兄郡楼有宴病不赴》诗："空堂病怯阶前月，燕子噞垂一桁帘。""桁"，一作"任"。⑤金锁：一指金锁甲。一种用金线串制的铠甲。唐杜甫《重过何氏五首》："雨抛金锁甲，苔卧绿沉枪。"另作"金剑"。又，晋武帝伐吴，派王濬造楼船，"吴人于江碛要害之处，并以铁锁横截之"（《晋书·王濬传》）。结果吴国失败灭亡。壮气：即王气，古人有望气之术，帝王所居有王气，国亡则气消。蒿莱：野草。《韩诗外传》卷一："原宪居鲁，环堵之室，茨以蒿莱。"唐杜甫《夏日叹》诗："万人尚流冗，举目惟蒿莱。"这里作动词用，表示付诸草野，衰落，消沉。唐刘禹锡《西塞山怀古》："王濬楼船下益州，金陵王气黯然收。千寻铁锁沉江底，一片降幡出石头。"这二句暗示了金陵陷落，南唐灭亡。⑥天净：天空无云，明净如洗。净，另本作"静"。月华：月光、月色。唐张若虚《春江花月夜》："此时相望不相闻，愿逐月华流照君。"⑦玉楼瑶殿：华丽的楼阁宫殿。唐杜甫《铜瓶》诗："乱后碧井废，时清理殿深。"唐宗楚客《奉和幸安乐公主山庄应制》："玉楼银榜枕严城，翠盖红旗列禁营。"宋辛弃疾《苏武慢·雪》词："歌竹传觞，探梅得句，人在玉楼。"明叶宪祖《素梅玉蟾》第二折："玉楼深锁薄情种，清夜悠悠谁共。"清纳兰容若《菩萨蛮》词："春云吹散湘帘雨，絮粘蝴蝶飞还住。人在玉楼中，楼高四面风。"⑧秦淮：河名。横贯南唐京城金陵。

[评析]

上片写白天的景物与心情。

"往事只堪哀"统摄全篇。所谓"往事知多少"（《虞美人》），所谓"往事已成空"（《子夜歌》），在寂寥的囚徒生涯中，他唯一可做的就是回忆，但回忆并不能带来任何的慰藉，相反，往日的快乐只能令今日之悲苦更难忍受。只一个"哀"字，便准确地概括了他回首往事时的心情。这种哀伤因往事而生，又由眼前景触发而成。"对景难排"四字，承上启下。以"景"写"哀"，语言直白却不乏含蓄，以下六句皆由"对景"而来。

"秋风庭院藓侵阶"，这是写外景。"悲哉，秋之为气也，草木摇落而变衰"，秋风萧瑟时节本易令人伤感。而庭院中长满了苔藓，可见环境的极度荒凉冷清。此所谓铜驼荆棘之叹，所谓故宫黍离之悲也。

"一桁珠帘闲不卷"，室内也是死气沉沉。既是无人卷帘，也是无心卷帘。是"寂寞梧桐深院锁清秋"（《乌夜啼》），仍然是写无人到访，只好枯坐室中，百无聊赖。囚徒的生活寂寞，是何等难堪。"终日谁来"，便是他发自内心的叹息。"终日"二字写出长久的等待与失望。据宋王铚《默记》：李煜住处只一老卒守门，奉旨不许任何人进去与李煜接触谈话。秋风起，黄叶满地，满腔愁怨，又向何人说？这是沉重的孤独感。值得注意的是"终日谁来"句与"藓侵阶"、"帘闲不卷"皆言无人来，语意的重复其实是内心极度空洞乃至心神颇为失常的一种表现。

下片由白天转入黑夜，写出囚禁生活中日夜相继的无有停止的煎熬。

过片二句"金锁已沉埋，壮气蒿莱"感慨遥深。"金锁已沉埋"句用"千寻铁锁沉江底"的典故。当初吴王靠长江天险，尽管用铁锁链横截大江要害之处，最终还是逃不掉失败与灭亡的命运。而李煜也曾想要抵抗宋军，只是"几曾识干戈"的词人实在是不谙军务。当宋军在采石矶用船造浮桥，准备渡江时，李煜还呆子似的问他的大臣张洎。张洎说："书上从来没有在长江造浮桥的事啊！"李煜也就放心了，结果与东吴国主孙皓一样成了亡国之君。"壮气"即指王气。李煜被围后，也曾想试试背水一战，但所用之人如刘澄、陈大雅等皆非可依托之臣，导致最后壮志付诸草野，只好忍辱投降。从此，"金陵王气黯然收"。

"晚凉天净月华开"，此时天净月白，月华普照，只是此地"虽信美而非吾土"。想那故国楼台在今夜月色之中，该是何等模样？"想得玉楼瑶殿影，空照秦淮。""影"字既写出楼阁空虚，更形容出词人的形单影只。"空"字更好,繁华成空,往事如梦。玉楼瑶殿已非我有,人间之美景只能徒增我无限悲凉。

全词的情感抒发一以贯之,首尾相应。在鲜明的今昔对比中,流露了深沉的故国之思和亡国之痛。

[集评]

明沈际飞《草堂诗余续集》:此在汴京念秣陵事作,读不忍竟。又云:"终日谁来"四字惨。

清陈廷焯《词则·大雅集》卷一:起五字极凄婉,而来势妙,极突兀。又《云韶集》卷一:起五字凄婉,却来得突兀,故妙,凄恻之词而笔力精健,古今词人谁不低首?

俞陛云《唐五代两宋词选释》:藓阶帘静,凄寂等于长门。"金锁"二句有铁锁沉江、王气黯然之慨。回首秦淮,宜其凄咽。

唐圭璋《李后主评传》:他自归宋后,自然是事事不得自由。他看不见江南的人物风景,他也挽不回过去的青春,仅仅有自由的梦魂,时时去萦绕他的故国。他的词说:"往事只堪哀……""无言独上西楼……"可想见他孤独的悲哀,李易安所谓"寻寻觅觅冷冷清清、凄凄惨惨戚戚"的生活,也正是他的写照。

唐圭璋《唐宋词简释》:此首念秣陵。上片,白昼凄清状况,哀思弥切。起两句,总括全篇。"秋风"一句,补实上句难排之景。秋风袅袅,苔藓满阶,想见荒凉无人之情。与当年"春殿嫔娥鱼贯列"之盛较之真有天渊之别。"一桁"两句,极致孤独之哀。后主入汴以后之生活,于此可见。换头,自叹当年之意气,都已销尽。"晚凉"一句,点月出,"想得"两句,因月生感,怅望无极。月影空照秦淮,画出失国后的惨淡景象。

临江仙

樱桃①落尽春归去,蝶翻金粉②双飞。子规啼月小楼西③,画帘④珠箔⑤,惆怅卷金泥⑥。

门巷寂寥人去后,望残烟草低迷。炉香闲袅⑦凤凰儿⑧,空持罗带,回首恨依依。

[题解]

开宝七年(974)十月,宋兵攻金陵,据史书记载,百姓疫死,士卒乏食,后主亦欲自焚,不果,次年(975)十一月城破,后主遂肉袒出降。

这首词,或以为是李煜在围城中所作。然前人已多辨之。陈鹄《耆旧续闻》云:"蔡绦作《西清诗话》,载江南后主《临江仙》云:'围城中书,其尾不全。'以余考之,殆不然。余家藏李后主《七佛戒经》及《杂书》二本,皆作梵叶,中有《临江仙》,涂注数字,未尝不全。其后则书李太白诗(《词林纪事》引作词)数章,似平日学书也。本江南中书舍人王克正家物,后归陈魏公之孙世功君懋。余,陈氏婿也。其词云:……后有苏子由题云:'凄凉怨慕,真亡国之声也。'"胡仔曰:"余观《太祖实录》及三朝正史云:'开宝七年十月,诏曹彬、潘美等率师伐江南,八年十一月,拔升州。'今后主词乃咏春景,决非十一月城破时作。"又云:"王师围金陵凡一年,后主于围城中春间作此诗,则不可知。是时其心岂不危窘?于此言之乃可也。"(《苕溪渔隐丛话》前集卷五九)然从"门巷寂寥人去后,望残烟草低迷"之词意看,词当作于亡国之后。

全词缅怀往事,痛定思痛之情由"回首"二字生出,因追悔无及而生难抑之无限惆怅。

[注释]

①樱桃:落叶乔木。花白色而略带红晕,春日先叶开放。核果多为红色,味甜或带酸。核可入药。木材坚硬致密,可制器具。亦指其果实或花。古代有帝王以樱桃献宗庙的传统。《礼记·月令》:仲夏之月,天子以含桃(樱桃)先荐寝庙。《汉书》:惠帝尝书游离宫,取樱桃献宗庙。也用以喻指女子小而红润的嘴。唐李商隐《赠歌妓》诗之一:"红绽樱桃含白雪,断肠声里唱《阳关》。"宋晏殊《少年游》词:"风流妙舞,樱桃清唱,依约驻行云。"清李渔《玉搔头·篾哄》:"淡眉淡脸淡樱桃,怎做得盐商的妻小。"②金粉:词义多重。可指黄金的粉末或金色的粉末或黄色的花粉,亦可指钿与铅粉这类妇女妆

饰用品。此处或借以指蝴蝶的翅膀。③子规：杜鹃的别名。传说为失国的蜀帝杜宇的魂魄所化。常夜鸣，声音凄切，故借以抒悲苦哀怨之情。《埤雅·释鸟》："杜鹃，一名子规。"唐杜甫《子规》诗："两边山木合，终日子规啼。"宋陈亮《水龙吟》词："正销魂又是，疏烟淡月，子规声断。"《水浒传》第三十七回："枝上子规啼夜月，园中粉蝶宿花丛。"鲁迅《无题》诗："无端旧梦驱残醉，独对灯阴忆子规。"啼月：指子规在月夜啼叫。④画帘：有画饰的帘子。唐杜牧《怀钟陵旧游》诗之三："一声明月采莲女，四面朱楼卷画帘。"宋晏几道《菩萨蛮》词之三："红日又平西，画帘遮燕泥。"廖仲恺《临江仙·题柳亚子江楼秋思图》词："万里长江排闼入，画帘高卷秋明，西风鲈脍耐人寻。"⑤珠箔：即珠帘。《汉武故事》："武帝起神室，以白珠织为箔。"《西京杂记》："昭阳殿织珠为帘。风至则鸣，如珩佩之声。"唐李白《陌上赠美人》诗："美人一笑褰珠箔，遥指红楼是妾家。"宋刘秉《七夕》诗："珠箔风轻月似钩，还将锦绣结高楼。"明夏完淳《怨晓月赋》："美人二八兮卷珠箔，明月三五兮流华阁。"清汪懋麟《东风第一枝》词："喜六街高揭金幡，万户低垂珠箔。"⑥金泥：用以饰物的金屑。唐孟浩然《宴张记室宅》诗："玉指调筝柱，金泥饰舞罗。"宋周邦彦《风流子》词之一："泪花销凤蜡，风幕卷金泥。"明陈子龙《杂诗》之九："金泥绿玉字，千古藏莓苔。"清龚自珍《后庭宴》词："聘乏金钱，贮无金屋，嫁衣不用金泥篏。"⑦闲袅：形容细长柔软的东西随风轻轻摆动，有时形容柳条。这里形容焚香。唐温庭筠《杨柳枝》："春苑外最长条，闲袅春风伴舞腰。"⑧凤凰儿：绣有凤凰花饰的丝织品。如缠头、衾褥等。唐施肩吾《抛缠头词》诗："一抱红罗分不足，参差裂破凤凰儿。"

[评析]

词的上片状残春暮烟之景，视线由内而外，时间自日至暮。

起句包蕴无限，"樱桃落尽春归去"，樱桃落尽，春光消失了。这一句既是对自然节候更替的描述，更隐含了家国不保、繁华消歇的悲哀。古代有帝王以樱桃献宗庙的传统。《礼记·月令》：仲夏之月，天子以含桃（樱桃）先荐寝庙。《汉书》：惠帝尝书游离宫，取樱桃献宗庙。含桃系仲夏早熟之时鲜果品，依例年年需向寝庙进献。如今作者宗庙不保,自然樱桃难献。亡国之君看到这种供果,其内心之感伤是不言而喻的。正所谓"流水落花春去也,天上人间"(《浪淘沙》),以景物传情,蕴藉凄婉。

"蝶翻金粉双飞"句以乐景写哀情。"金粉"二字含义多重:其一,黄金的粉末或金色的粉末。唐景审《题所书〈黄庭经〉后》诗:"金粉为书重莫过,《黄庭》旧许右军多。"后蜀顾夐《玉楼春》词:"画堂鹦鹉语雕笼,金粉小屏犹半掩。"其二,黄色的花粉。李白《酬殷明佐见赠五云裘歌》:"轻如松花落金粉,浓以锦苔含碧滋。"苏辙《歙县岁寒堂》诗:"暗长茯苓根自大,旋收金粉气尤清。"唐寅《步步娇·春景》曲:"垂杨金粉销,绿映河桥。"其三,花钿与铅粉,妇女妆饰用品。元白朴《东墙记》第一折:"憔悴了玉肌金粉,瘦损了窈窕精神。"明陈汝元《金莲记·弹丝》:"黛绿慵挑,金粉羞调,卸朱徽银甲小。"清孔尚任《桃花扇·孤吟》:"谁家剩有闲金粉,撒与歌楼照镜人。"因此喻指繁华绮丽的生活。清吴伟业《残画》诗:"六朝金粉地,落木更萧萧。"其四,借指蝴蝶的翅膀。李商隐《咏蝶》诗:"重傅秦台粉,轻涂汉殿金。"又:"孤蝶小徘徊,翩翾粉翅开。"晏殊《蛱蝶》诗:"那将白翅轻涂粉,绕遍千花百卉心。"这四意皆可通,一方面收语意繁复之妙,而另一方面,无论作何解,皆与其富丽繁华的昔日生活相关联,与今日之生活形成鲜明的比照。

"子规啼月"用在这里写春恨,子规是杜鹃的别名。据《成都记》载:杜宇又曰杜主,自天而降,称望帝,好稼穑,治郫城。后望帝死,其魂化为鸟,名曰杜鹃。王安石《杂咏绝句》之十五:"月明闻杜宇,南北总关心。"王实甫《西厢记》第五本第四折:"不信呵去那绿杨影里听杜宇,一声声道:'不如归去。'"以此也可知"围城中作"说之不可解。此处也暗寓了杜宇失国的典故。《太平御览》卷一六六引汉扬雄《蜀王本纪》:"荆人鳖令死,其尸流亡，随江水上至成都，见蜀王杜宇，杜宇立以为相。杜宇号望帝，自以德不如鳖令，以其国禅之，号开明帝。"开篇连用樱桃难献宗庙、杜宇失国的两个典故，融情于景，表露伤逝之情。

"画帘珠箔，惆怅卷金泥。"画帘、珠箔和金泥是人物身份尊贵之曲写。人物动作用一个"卷"字，与人物心情之"惆怅"相应，表现其抑郁难舒之心理状态。下面所写俱是抒情主人公卷帘所见。

过片"门巷寂寥人去后，望残烟草低迷"二句渲染环境气氛，突出"寂寥"二字，状烟消人散凄迷寂寥之貌。以景状情，表现亡国之人凄然欲绝之心情。罗带指丝织的衣带。这里隐约有主人公的形象在。所谓"衣带渐宽"只因愁思难替，心神憔悴。"炉香"既写出时间的推移，也借喻着心情的迷茫。

"回首"二字与《虞美人》中的"故国不堪回首月明中"，当是同样的意思。"恨依依"是言恨之多，则是"天长地久有时尽，此恨绵绵无绝期"（白居易《长恨歌》）之意。据陆游《南唐书·林仁肇传》记载：林沉毅果敢，军中谓之林虎子。李煜毒杀之。又王铚《默记》上载：被俘后，后主曾与徐铉谈到自己后悔杀了潘佑等人。潘佑曾任内史舍人，敢于犯颜直谏，不断规讽后主警惕失政误国。据说后主尝于宫中作红罗亭，四面栽红梅，作艳曲歌之。潘佑应命作词云："楼上春寒山四面，桃李不须夸烂熳，已输了春风一半。"以讽淮南之失。李煜在毒死林仁肇之后，同一年又因潘佑斥责自己受奸佞蒙蔽，而逼迫他自杀。正由于其自身的种种错误最终铸成亡国之祸。所以对于李煜来说，这种恨是与愧悔等多重复杂的情绪交织在一起的，更令人揪心。

结句以一"恨"字倒贯全篇。全词哀凉悲怨，凄婉有致。

[集评]

宋胡仔《苕溪渔隐丛话》前集卷五九：《西清诗话》云："南唐后主围城中作长短句，未就而城破。（词略：缺尾三句）余尝见残稿，点染晦昧。心方危窘，不在书耳。"……苕溪渔隐曰：余观《太祖实录》及三朝正史云："开宝七年十月，诏曹彬、潘美等率师伐江南，八年十一月，拔升州。"今后主词乃咏春景，决非十一月城破时作。《西清诗话》云："后主作长短句，未就而城破"其言非也。然王师围金陵凡一年，后主于围城中春间作此诗，则不可知。是时其心岂不危窘？于此言之乃可也。

宋张邦基《墨庄漫录》卷七：宣和间，蔡宝臣致君收南唐后主书数轴，来京师以献蔡绦约之。其一乃王师攻金陵，城垂破时，仓皇中作一疏，祷于释氏，愿兵退之后，许造佛像若干身，菩萨若干身，斋僧若干万员，建殿宇若干所，其数甚多，字画潦草，然皆遒劲可爱，盖危窘急中所书也。又有《看经发愿文》，自称莲峰居士李煜。又有长短句《临江仙》……而无尾句。刘延仲为补之云："何时重听玉骢嘶，扑帘飞絮，依约梦回时。"

宋陈鹄《西塘集》、《耆旧续闻》卷三：蔡绦作《西清诗话》，载江南李后主《临江仙》云："围城中书，其尾不全。"以余考之，殆不然。余家藏李后主《七佛戒经》及《杂书》二本，皆作梵叶，中有《临江仙》，涂注数字，未尝不全。其后则书李太白诗数章，似平日学书也。本江南中书舍人王克正家物，后归陈魏公之孙世功君懋。余，陈氏婿也。其词云："樱桃落尽春归去……"后有苏子由题云："凄凉怨慕，真亡国之声也。"

明顾起元《客座赘语》卷五：李后主在围城中犹作长短句，未就而城破。其词云"樱桃落尽春归去……"……其词是《临江仙》，凄婉有致。

清谭献《谭评词辨》卷二："炉香"三句，疑出续貂。

清陈廷焯《词则·别调集》卷一：低回留恋，宛转可怜。伤心语，不忍卒读。又陈廷焯《云韶集》卷一：凄凉景况曲曲绘出，依依不舍，煞是可怜。读者为之伤心。

俞陛云《唐五代两宋词选释》：宣和御府藏后主行书二十有四纸，中有《临江仙》词，按升州被围一年之久，词中所云门巷人稀，凄迷烟草，想见吏民星散之状，宜其低回罗带，惨不成书也。

梁启勋《词学》下篇：真可谓亡国之音，又极含蓄蕴藉之致。

柳 枝

风情①渐老见春羞,到处芳魂②感旧游。多谢长条似相识,强垂烟穗③拂人头。

[题解]

这是作者代宫女庆奴写的一首竹枝词,书写在她的扇面上。据宋张邦基《墨庄漫录》卷二载:"江南李后主尝于黄罗扇上书赐宫人庆奴云:'风情渐老见春羞……'想见其风流也。扇至今传在贵人家。"《西溪丛话》、《六砚斋三笔》等,也都有类似的记载。

《柳枝》原为民间歌谣,名《折杨柳》。乐府瑟调曲有《折杨柳行》。横吹有《折杨柳歌辞》。清商曲辞有《月节折杨柳歌》。唐白居易居洛邑,翻制六朝之《折杨柳歌辞》得十二首,与刘禹锡唱和。白诗曰:"古歌旧曲君休听,听取新翻杨柳枝。"刘诗曰:"请君莫奏前朝曲,听唱新翻杨柳枝。"新声传入教坊,声情轻隽,与《竹枝》大同小异,与七绝微有区分,共二十八字,诗名《杨柳枝》,词名《柳枝》。

[注释]

①风情:风月之情,男女相爱之情。宋柳永《雨霖铃》:"便纵有千种风情,待与何人说。"②芳魂:这里指美人的魂魄。《剪灯新话·滕穆醉游聚景园记》:"不必仗少翁之奇术,自能返倩女之芳魂。"清龚自珍《瑶台第一层》词:"赖芳魂入梦,梦里说别有仙乡。"《邵氏闻见后录》、《墨庄漫录》均作"消魂"。③烟穗:形容柳条茂盛如同被烟雾笼罩。穗,植物的花实结聚在茎端的叫穗。

[评析]

根据史书和笔记,这"生于深宫之内,长于妇人之手"的后主,拥有自己的歌舞、教坊,以及随侍左右的许多宫娥,如黄保仪、流珠、宜爱、宵娘等,庆奴亦在其内。他与这些女子虽然没有如同大、小周后那般的情谊，倒也至少有着大观园中贾宝玉一般"博爱"的精神，但凡心力所及，"平儿"也罢，"香菱"也罢，都是乐于献个殷勤，表个体贴的。这种委实无欲无求的平常心，恐怕也是那等荒淫好色之徒所不能解的，只此一点也见出其多情多感的才人本色。

"风情渐老见春羞，到处芳魂感旧游。"女主人公庆奴，在宫中也曾受过宠爱，当春去春又回，再见一年胜景之时，她的青春韶华却已经不再。"羞"字是其自伤自艾、无限悲酸的表面反映。这里的"旧游"暗示了一个强烈的对比在其中。所谓"物是人非昨"，是感昔而伤今。

"多谢长条似相识，强垂烟穗拂人头。"这两句一方面可以理解成实景，这深春时节的柳条似乎是去年相识，仍照拂着她的秀发，如同后主依然存留的一丝眷恋。另一方面，这里女主人公也以柳条自喻。这在古典诗词中屡见不鲜，如"章台柳"、"宫墙柳"之类。所谓"最是一年春好处，绝胜烟柳满皇都"。"烟穗"是盛年之象征，对于古时的女子来说是已经过了"豆蔻梢头二月初"的最好的年华。"多谢"、"强垂"，见出庆奴的自尊和敏感。

在这首代言之作中，作者确实将年老色衰的宫人特有的心态体会描摹得细致入微。可以想见平日一国之主的李煜，对下尤其是对那些朝夕相处的妇人女子应该是比较仁厚恤惜的，有一定的感情，破国之际还有词曰："最是仓皇辞庙日，教坊犹奏别离歌，垂泪对宫娥。"（《破阵子》）应是实情实景。

被俘之后，据《南唐拾遗记》云："（后主）忽忽不乐，常与金陵旧宫人书词，甚悲惋。"及其去世，"凶问至江南，父老多有巷哭者"。因为比起暴虐无道之君如商纣、如隋炀，他确实似赤子婴儿般无辜而令人悲悯。

[集评]

宋张邦基《墨庄漫录》卷二：江南李后主尝于黄罗扇上书赐宫人庆奴云："风情渐老见春羞……"想见其风流也。扇至今传在贵人家。

明顾起元《客座赘语》卷四："见春羞"三字，新而警。

破阵子

四十年①来家国，三千里地②山河。凤阁龙楼③连霄汉④，玉树琼枝⑤作烟萝⑥，几曾识干戈⑦？

一旦⑧归为臣虏⑨，沈腰⑩潘鬓消磨⑪。最是仓皇⑫辞庙⑬日，教坊⑭犹奏别离歌，垂泪对宫娥⑮。

[题解]

《破阵子》，唐教坊曲名。《乐书》："唐《破阵乐》，属龟兹部，秦王所制，舞用二千人，皆画衣甲，执旗旆。外藩镇春衣犒军设乐，亦舞此曲，兼马军引入场，尤壮观也。"此词乃南唐亡国、后主肉袒出降，与子弟四十五人被俘北上后怀念故国、追忆往事之作。

[注释]

①四十年：南唐自公元937年开国，至公元975年为北宋所灭，历时三十九年。举成数而言"四十年"。②三千里地：指南唐国土而言。极盛时，拥有包括今江西全省、福建大部分、江苏与安徽境内淮河以南的三十五州，方圆三千里，五代时号为大国。③凤阁龙楼：指帝王所居的楼阁、宫殿。"凤阁"另本作"凤阙"。④霄汉：云霄河汉，与"云天"意思相同。霄，云霄。汉，天河。"霄"、"汉"两字连用极言其高。⑤玉树琼枝：泛指珍异树木。⑥烟萝：草树茂密，烟聚萝缠，谓之"烟萝"。唐李端《寄庐山真上人》诗："更说谢公南座好，烟萝到地几重阴。"明陈所闻《驻马听·泛西湖》曲："指点着六桥柳浪，三竺云峦，石屋烟萝。"清周准《发朱砂庵经观音岩登石人峰》诗："俯身入烟萝，欲诣仙人宅。"⑦干戈：指战争。《史记·儒林列传序》：

"然尚有干戈,平定四海,亦未暇遑庠序之事也。"晋葛洪《抱朴子·广譬》:"干戈兴则武夫奋,《韶》《夏》作则文儒起。"宋王安石《何处难忘酒》诗之一:"赋敛中原困,干戈四海愁。"清黄遵楷《〈人境庐诗草〉跋》:"今海内鼎沸,干戈云扰。"⑧一旦:一天。⑨臣虏:臣仆,俘虏。《韩非子·五蠹》:"禹之王天下也,身执耒臿,以为民先,股无胈,胫不生毛,虽臣虏之劳,不苦于此矣。"⑩沈腰:《梁书·沈约传》载:沈约与徐勉素善,遂以书陈情于勉,言己老病,"百日数旬,革带常应移孔,以手握臂,率计月小半分。以此推算,岂能支久"? 后因以"沈腰"作为腰围瘦减的代称。宋周邦彦《大有·小石》词:"仙骨清羸,沈腰憔悴。"元武汉臣《玉壶春》第三折:"你为我病恹恹挽过这裙儿带,我为你沈腰宽减尽了形骸。"清赵翼《题沈既堂前辈〈载书移居图〉》诗:"只愁撑满便便腹,难作东阳瘦沈腰。"⑪潘鬓:晋潘岳《秋兴赋》序:"余春秋三十有二,始见二毛。"后因以"潘鬓"谓中年鬓发初白。唐李德裕《秋日登郡楼望赞皇山感而成咏》:"越吟因病感,潘鬓入秋悲。"明无名氏《石榴花题情》套曲:"我为他只落得心焦无聊,这离情怎消,谩赢得潘鬓沈腰。"清黄景仁《感旧杂诗》:"而今潘鬓渐成丝,记否羊车并载时。"消磨:消耗;磨灭。唐王建《题酸枣县蔡中郎碑》诗:"苍苔满字土埋龟,风雨消磨绝妙词。"宋刘子翚《出郊》诗:"平生豪横气,未老半消磨。"⑫仓皇:匆忙急迫。亦作"仓惶"、"仓遑"、"仓徨"、"仓黄"。《说文·仓部》:"仓,谷藏也。仓黄取而藏之,故谓之仓。"唐独孤授《运斤赋》:"利器见投,尚仓惶于麾下。"唐李肇《唐国史补》卷下:"宰相已下,不知所对,而仓遑颇盛。"宋王安石《送李屯田守桂阳》诗之二:"仓黄离家问南北,中路思归归不得。"⑬庙:旧时供祀先祖神位的屋舍。《诗·大雅·思齐》:"雍雍在宫,肃肃在庙。"《诗·周颂·清庙序》"清庙,祀文王也"汉郑玄笺:"庙之言貌也。死者精神不可得而见,但以生时之居立宫室,象貌为之耳。"指宗庙。古代帝王供奉祖先牌位的地方。离别祖庙,指自己被迫降宋,离开故国金陵。⑭教坊:古时管理宫廷音乐的官署。专管雅乐以外的音乐、舞蹈、百戏的教习、排练、演出等事务。元白朴《梧桐雨》第二折:"嘱付你仙音院莫急慢,道与你教坊司要迭办,把个太真妃扶在翠盘间。"《儒林外史》第五十三回:"自从太祖皇帝定天下,把那元朝功臣之后都没入乐籍,有一个教坊司管着他们。"⑮宫娥：宫女。

[评析]

　　此词追赋亡国后辞庙北上的情景，先从立国写起。

　　上片回忆昔日身为南唐之主，宫室园林华美异常，不知战乱为何物的情况。"四十年来家国，三千里地山河。"开头以时间、空间对举，概括了南唐的历史和疆域。其祖建立江南大国，称王称霸，显赫一时。但他的父亲不会用兵，将江山失去一半。及至他，更不懂治国安邦，把江山全部失去。刹那间繁华消歇，今日回想起来，四十年间只不过做了一个繁华凄凉的梦，一切转眼成空，这是何等的深哀巨痛？今与昔对比中，才体会到国破家亡的苦涩味道。开头两句，气势沉雄，语气悲壮，在李煜词中较为罕见。

　　"凤阁龙楼连霄汉，玉树琼枝作烟萝。"这两句进一步写足国力殷实，繁华盛时情况。雕龙刻凤的楼阁宫殿之间，点缀着郁郁葱葱的琼枝玉树。"烟萝"形容尽昔日帝王庭园的云蒸霞蔚，气象万千。结构上前四句极力铺陈故国河山的壮丽辉煌，歇拍陡转，这与词人陡转直下的认识命运相对应，文情相得。

　　"几曾识干戈？"自幼沉湎于豪华奢靡的生活中的词人，何曾懂得什么叫战争？"几曾识"三字，是不加修饰的真心话，因其坦诚而显得无辜，但无论如何从一位天子之口说出，就不仅是幼稚而已了。李煜二十五岁即位，当时宋已代后周，正虎视江南。而他不思进取，一味纳贡修好，希望做个承平之君，以保自己吟咏游宴，征歌逐舞的逸乐生活。不久，宋灭南汉，南唐国势更危。李煜忙改称江南国主，重纳币帛，以求苟安。这时，宋朝操练水军，求江南地图，宋太祖已经说了"卧榻之旁岂容他人酣睡"，南伐的形势已非常明显。而李煜仍徘徊观望，佞佛敬神，自我麻痹。宋军围城一年，国贼樊若水献策造浮桥过江。大臣还瞒哄后主说，书上从没听说过有造桥渡江的事。直至亡国被俘，后主才痛定思痛，若有所悟，只是悔之晚矣！

下片抚今，转写降宋后的凄凉、憔悴。

"一旦归为臣虏，沈腰潘鬓消磨。"《宋史·南唐世家》记载，李煜被俘入宋后曾向宋太宗诉说生活贫困，太宗知道后增加了他的月俸。物质生活的困窘和心情的恶劣导致正当盛年的词人快速地衰老下去。"一旦"二字写出了帝王到臣虏这种变化的急遽，与"四十年"、"三千里"遥相呼应，更显出刹那间江山易手，沧海桑田。"消磨"二字说明在忧愁痛苦中打发时光，苦苦煎熬的景况。

"最是仓皇辞庙日，教坊犹奏别离歌，垂泪对宫娥。"末尾这三句又由眼前折回过去，临别南唐时的情景仍历历在目。词人选取最觉惨痛的一幕来加以描述。宋军攻入破内廷的前夕，后主惶怖万状，下诏堆集柴木，准备自焚，然而终于没有勇气点火。第二天就素衣自缚，奉表投降了。当他战战兢兢，被人扶上宋船时，曹彬没有侮辱他，温言叫他回去收拾衣物，带着随从，次日随宋军北上。他存着免死的侥幸，仓皇辞庙，听着教坊的离曲，对着左右的宫女，垂下泪来。太庙辞别，后主哭庙，宫娥哭主，哀乐声与悲歌声中呈现的末世之景，与开篇所写的江山宏阔、宫苑富丽的盛世气象形成鲜明的对照。"犹"字，或以为暗含讽喻之意，以教坊的一如既往，尽心尽职地弹奏《骊歌》反衬昔日歌舞升平之时围绕身边的大臣亲信，都自求多福，撇开了自己。只是以后主之懦弱率性，未必有如此之深的"机心"。而家国丧亡之时，伶工平人往往体现出比世将相更为强烈的忠诚信义，这倒是事实。联系他被俘岁月中的凄凉，也确实令人感叹世态人心之炎凉。只是作为一国的统治者，自己所用非人，恐怕也难辞其咎。苏东坡曾责备李煜："后主既为樊若水（开宝三年，樊偷渡北宋，献南征策）所卖，举国与人，故当恸哭于九庙之外，谢其民而后行，顾乃挥泪宫娥，听教坊离曲！"（《东坡志林》）这个话当然没有什么错，只是以此要求如同天真的儿童一般的李煜，实在是难为他了。他若知道帝王的家国责任，何至于此！

这首词将现实与回忆交织在一起，从立国之繁盛到失国之凄凉，对比鲜明，乐极而生悲，痛定思痛，情感表达悲壮而缠绵。

[集评]

宋苏轼《东坡志林》卷七："三十余年家国……"后主既为樊若水所卖，举国与人，故当恸哭于九庙之外，谢其民而后行，顾乃挥泪宫娥，听教坊离曲！

宋洪迈《容斋随笔》卷五：东坡书李后主去国之词云："最是仓皇辞庙日，教坊犹奏别离歌，垂泪对宫娥。"以为后主失国，当恸哭于庙门之外，谢其民而后行，乃对宫娥听乐，形于词句。予观梁武帝启侯景之祸，涂炭江左，以至覆亡，乃曰："自我得之，自我失之，亦复何恨？"其不知罪己，亦甚矣。窦婴救灌夫，其夫人谏止之，婴曰："侯自我得之，自我捐之，无所恨。"梁武用此言而非也。

宋袁文《瓮牖闲评》卷五：苏东坡记李后主去国词云："最是仓皇辞庙日……"以为后主失国，当恸哭于庙门之外，谢其民而后行，乃对宫娥听乐，形于词句。余谓此决非后主词也，特后人附会为之耳。观曹彬下江南时，后主预令宫中积薪誓言："若社稷失守，当携血肉以赴火。"其厉志如此。后虽不免归朝，然当是时更有甚教坊，何暇对宫娥也？

清尤侗《西堂杂俎》一集卷八：东坡谓后主既为樊若水所卖，举国与人，故当恸哭于九庙之外，谢其民而后行，何仍挥泪对宫娥，听教坊离曲？然不独后主然也。安禄山之乱，明皇将迁幸。当是时，渔阳鼙鼓惊破霓裳，天子下殿走矣，犹恋恋于梨园一曲，何异挥泪对宫娥乎？后主尝寄旧宫人书云："此中日夕只以眼泪洗面。"而旧宫人入掖庭者手写佛经为李郎资冥福，此种情况，自是可怜。乃太宗以"小楼昨夜又东风"置之死地，不犹炀帝以"空梁落燕泥"杀薛道衡乎？

清毛先舒《南唐拾遗记》：案此词或是追赋。倘煜是时犹作词，则全无心肝矣。至若挥泪听歌，特词人偶然语。且据煜词，则挥泪本为哭庙，而离歌乃伶人见煜辞庙而自奏耳，清王士禛原编《五代诗话》卷一引《希通录》：项羽夜闻汉军四面皆楚歌,泣数行下。歌曰:"力拔山兮气盖世,时不利兮骓不逝。骓不逝兮可奈何,虞兮虞兮奈若何。"《东坡志林》载李后主去国之词云:"四十年来家国……"东坡谓后主当恸哭于九庙下,谢其民而行,却乃挥泪宫娥,听教坊离曲哉。歌辞凄怆,同归一揆。然项王悲歌慷慨,犹有喑呜叱咤之气;后主直是养成儿女态耳。

清梁绍壬《两般秋雨庵随笔》卷二:南唐李后主词:"最是仓皇辞庙日,不堪重听教坊歌,挥泪对宫娥。"讥之者曰仓皇辞庙,不挥泪于宗社而挥泪于宫娥,其失业也宜矣,不知以为君之道责后主,则当责之于垂泪之日,不当责于亡国之时。若以填词之法绳后主,则此泪对宫娥挥为有情,对宗社挥为乏味也。此与宋蓉塘讥白香山诗谓忆妓多于忆民,同一腐论。

唐圭璋《唐宋词简释》:此首后主北上后追赋之词。上片,极写江南之豪华,气魄沉雄,实开宋人豪放一派。换头,骤转被房后之凄凉,与被房后之憔悴。今昔对照,警动异常。"最是"三句,忽忆当年临别时最惨痛之事。当年江南陷落之际,后主哭庙,宫娥哭主,哀乐声、悲歌声、哭声合成一片,直干云霄。宁复知人间何世耶。后主于此事,印象最深。故归汴以后,一念及之,辄为肠断,论者谓此词凄怆,与项羽拔山之歌,同出一揆。后主聪明仁恕,不独笃于父子、昆弟、夫妇之情,即臣民宫娥,亦无不一体爱护。故江南人闻后主死,皆巷哭失声,设斋祭奠。而宫娥之入掖庭者,又手写佛经,为后主资冥福,亦可见后主感人之深矣。

菩萨蛮

花明月暗笼轻雾,今朝好向郎边去。刬袜步香阶①,手提金缕鞋②。

画堂③南畔见,一向④偎人颤⑤。奴⑥为出来难,教⑦君恣意怜⑧。

[题解]

　　这是一首描写男女幽会的小词,相传是李煜为小周后而作。后周显德元年（954）,李煜十八岁,纳昭惠,是谓大周后。大周后死后三年,立其妹为小周后。后一齐降宋。太平兴国三年（978）七月,李煜被毒死,小周后因悲伤过度,亦于同年冬天去世。

　　宋马令《南唐书》卷六《女宪传》：后主继室周氏,昭惠之母弟也。警敏有才思,神采端静。昭惠感疾,后常出入卧内,而昭惠未之知也。一日,因立帐前,昭惠惊曰："妹在此耶？"后幼,未识嫌疑,即以实告曰："既数日矣！"昭惠恶之,返卧不复顾。昭惠殂,后未胜礼服,待字宫中。明年,钟太后殂,后主服丧,故中宫位号久而未正。至开宝元年,始议立后为国后。

　　宋蔡居厚《诗史》：后主继后周氏,昭惠后女弟。开宝元年,册立行亲迎礼,民间观者万人。先是后寝疾,小周后已入宫中,后偶褰幔见之,怨至死,面不外向。后主制"乐府",艳其事,词云："花明月暗笼轻雾……"词甚狎昵,颇传于外,至纳后,乃成礼而已。翌日大宴群臣,韩熙载以下皆作诗讽焉,而后主不之谴也。徐铉有《纳后夕侍宴诗》云："时平物茂岁功成,重翟排云到玉京。四海未知春色至,今宵先入九重城。"又："银烛金炉禁漏移,月轮初照万年枝。造舟已似文王事,卜世应同八百期。"

[注释]

　　①刬袜：只穿着袜子着地。刬,只,犹言光着。张相《诗词曲语辞汇释》卷四说："刬,犹只也……刘克庄《生日和竹溪再和》诗：'刬骑犊子不施鞯,老迈犹堪学力田。'惟其不施鞯,故言刬骑也,言光着犊身便骑也,……李后主《菩萨蛮》词：'刬袜步香阶,手提金缕鞋',惟其提鞋子手中,则着袜而行,故曰刬袜也。"唐无名氏《醉公子》词："刬袜下香阶,冤家今夜醉。"清纳兰容若《浣溪沙》词："十二红帘窣地深,才移刬袜又沉吟。"香阶：台阶的美称。②金缕鞋：指鞋面上用金色丝线绣成花样图案的鞋。③画堂：彩绘装饰的殿堂,泛指华丽堂舍。南朝梁简文帝《饯庐陵内史王修应令》诗："回池泻飞栋,浓云垂画堂。"④一向：同一晌。一晌,一会儿,好长一阵子,一味,一意。唐白居易《昭君怨》："自是君恩薄如纸,不须一向恨丹青。"宋周邦彦《庆春宫》："许多烦恼,只为当时,一晌留情。"李煜《浪淘

沙》："梦里不知身是客，一晌贪欢。"⑤偎：亲热地靠着，紧挨着。颤：身体抖动。⑥奴：古时女子自称的谦词。⑦教：让；请。⑧恣意：尽情，纵情。怜：疼爱，爱怜。

[评析]

起首二句"花明月暗笼轻雾，今朝好向郎边去"写环境，花、月、雾三者都是极具情韵之物，而各缀以明、暗、轻三字，明艳花朵象征着少女的娇媚和青春，而黯淡的月色，迷离的雾霭隐喻衬托着女子的心情，佳期幽会，总有着难言的期许、紧张。在"轻雾"前着一"笼"字，呈现出一种迷离恍惚、令人心醉的意境。夜景迷离之中，女子悄然赴约，但因为生怕被人发觉，所以才小心翼翼。

"刬袜步香阶，手提金缕鞋"，这是一番思量考察之后，女子做出的"向郎边去"的具体行动，"刬袜"、"提鞋"的动作本身富于美感，女子的轻盈曼妙的身姿呼之欲出。而且也借此生动地表现出特定环境中人物的心理状态。

这是上片，写见情人之前的情景。

下片着重描写她在幽会时的情态和语言，突出她的热情、真率和大胆的性格。

"画堂南畔见，一向偎人颤。"从"见"到"颤"，这发生在瞬间的一系列情节，真实而自然。"颤"字用得极工，将女主人公与情人相见时的激动，相见前的紧张心情，并由此而造成的心有余悸，表露无遗。

末两句"奴为出来难，教君恣意怜"，语言恰因其极为俚俗，反得直白之胜，也就是所谓的"浅语深情"，因为所谓爱情可能是遭受的间阻越大，感情越是热烈而不顾一切，以女子口吻出之，体现柔弱女子在爱情中的斩截而决绝。词中两个人的关系，也因女性的主动而不类君王臣妾，具有了一种平等的现代意识。

词体宜于抒情而不善叙事，但此词确实有着很好的故事性。这主要是由于细节的真实性。"月暗"是半夜时分,"轻雾"是具体的环境,而画堂还一定强调是"南畔",这种细致的时间、地点描绘结合人物的言语、动作,造成了一种逼真感、现场感,词中情节的安排也体现了一定的戏剧性张力。

词中这种因事言情的手法,韦庄是最先使用的。他的《荷叶杯》上片回忆当年与情人约会的故事:"记得那年花下,深夜,初识谢娘时,水堂西面画帘垂,携手暗相期。"同样把约会的时间、地点、过程交代得一清二楚。至于词中这类故事到底讲的是词人自己的经历,还是别人的事情,已很难判断。到了宋代,欧阳修和柳永的词也常常使用这种手法,在浓郁的情思中隐含着模糊的故事。

史载,李煜"尝于宫中以销金红罗幂其壁,以白银钉玳瑁以押之。又以绿钿刷隔眼,糊以红罗,种梅花于其外。又于花间设彩画小木亭子,才容二人","与爱姬周氏对酌于其中,如是数处。每七夕延巧,必命红白罗百匹以为月宫天河之状,一夕而罢,乃散之"。从这些婚后生活的描述中,可以推想他们婚前幽会时的激动狎昵之状。《传史》说,后主在与小周后成婚前,就把此词制成"乐府","艳其事",任其外传,成婚之夜,韩熙载、徐铉等写诗嘲讽他,如"四海未知春色至,今宵先入九重城",他也不以为忤。

对于李煜其人其词,明代诗人陈继儒曾发出过这样的感叹:"天何不使后主现文士身,而必委以天子,位不配才,殊为恨恨。"他所处的是必须依权术阴谋之枕而眠的地位,他的天性却是坦率到极点的,乐则歌,痛则哭,也即所谓的"赤子婴儿"之态,人与自身环境的不适宜没有超过他的了。

[集评]

明卓人月《古今词统》卷五:徐士俊云:"花明月暗"一语,珠声玉价。

明潘游龙《古今词余醉》卷一〇:结语极俚极真。

明茅暎《词的》卷一:竟不是作词,恍如对话矣。

清沈雄《古今词话·词品》下引孙琮评:"感郎不羞报,回身向郎抱",六朝乐府便有此等艳情,莫诃词人轻薄。……李后主词"奴为出来难,教君恣意怜",正见词家本色,但嫌意态之不文矣。

清李调元《雨村词话》卷二:杜安世词多袭前人,《寿域词》一卷,殊无足观。如《菩萨蛮》:"花明月暗朦胧雾,此时欲往侬边去。刬袜下香阶,手携金缕鞋。　药阑东畔见,执手偎人颤。奴为出家难,从君恣意怜。"此南唐李后主词,为小周后而作也,脍炙人口已久,略改数字,窜入己集,不顾垒耻。

清吴任臣《十国春秋》卷一八:后少以戚里,间入宫掖,圣尊后绝怜爱之。后主制乐府,艳其事,有"刬袜金缕鞋"之句,辞甚狎昵,颇传于外。至纳后,乃成礼而已。翌日大宴群臣,韩熙载以下皆作诗讽焉,而后主不之谴也。《古今风谣》载:后主时,江南童谣曰:"索得娘来忘却家,后园桃李不生花。猪儿狗儿都死尽,养得猫儿患赤瘕。""娘来"谓再娶周后也;"猪狗死"谓尽戌亥年也;"赤瘕",目病,猫有目病不能捕鼠,谓不见丙子之年也。

清许昂霄《词综偶评》:《子夜》,情真景真,与空中语自别。

清吴衡照《莲子居词话》卷三:妇人缠足,南唐后主时窅娘外,别无闻焉。吾乡周斌侯(兼)善画士女,尝写《小周后提鞋图》,于指间挂双红作纤纤状,颇属杜撰。图为赏鉴家所重,当时如初白、樊榭,前后题咏,具载本集。许蒿庐(昂霄)诗云:"弱骨丰肌别样姿,双鬟初绾发齐眉。画堂南畔惊相见,正是盈盈十五时。""多少情惊眼色传,今宵刬袜向郎边。莫愁月黑帘栊暗,自有明珠彻夜悬。""正位还当开宝初,玉环旧恨问何如。任教骞幔工相妒,博得鳏夫一纸书。""一首新词出禁中,争传纤指挂双弓。不然谁晓深宫事,尽取春情付画工。"张寒坪(宗楠)诗云:"教得君王恣意怜,香阶微步发垂肩。保仪玉貌流珠慧,输尔承恩最少年。""别恨瑶光付玉环,诔词酸楚自称鳏。岂知刬袜提鞋句,早唱新声《菩萨蛮》。""花明月暗是良媒。谁遣深宫侍疾来。惊问可怜人返卧,心知未解避嫌猜。""北征他日记匆匆,无复珠翘鬓朵工。一自宫门随例入,为渠宛转避房栊。"按:元人又有《太宗逼幸小周后图》,惜斌侯未之仿也。

清俞正燮《癸巳存稿》卷四:以手提鞋语证之,则刬袜是光脚不履,仅有袜耳。刬，如骑马之刬。

清张宗橚《词林纪事》卷二：海昌马衍斋先生，曾令画工周兼写南唐小周后提鞋图，一时题咏甚众。

清陈廷焯《云韶集》卷一："刬袜"二语，细丽。"一晌"妙，香奁词有此，真乃工绝。后人着力描写，细按之，总不逮古人。又《词则·闲情集》卷一：荒淫语，十分沉至。

清张德瀛《词征》卷五：南唐李后主留意声色，先纳周宗女为后，后通书，善音律，《霓裳羽衣曲》久绝不传，后按残谱，尽得其声调，徐游等从旁称美，有狎客风。后有妹，姿容绝丽，以姻戚往来宫中，得幸于唐主。唐主制小令艳词，颇传于外。后卒，竟册立之，被宠逾于故后，词即《菩萨蛮》"花明月暗"一阕，后人亦载诸《寿域词》，而更易其数字焉。

俞陛云《唐五代两宋词选释》：昭惠后之妹，因侍后疾而承恩，词为进御之夕作，"刬袜"二句想见花阴月暗，悄行多露之时，宫中事秘，后主乃张之以词，事传于外，继立为后之日，韩熙载为诗讽之，而后主不恤人言也。

刘永济《唐五代两宋词简析》：此非泛写闺情之词，乃后主记与小周后幽会之事。马令《南唐书》载后主继室周后，即昭惠后之妹也。昭惠感疾，后尝在禁中，先与后主私，后主作《菩萨蛮》云云。按：此词，后主自记，情景甚真。偎人颤者，又惊又喜之态也。

唐圭璋《唐宋词简释》：此首写小周后事。起点夜景，次述小周后忽遽出宫之状态。下片，写相见相怜之情事，景真情真，宛转生动，"奴为"两句，与牛给事（牛峤）之"须作一生拚，尽君今日欢"，同为狎昵已极之词。他如"潜来珠琐动，惊觉银屏梦"，"眼色暗相勾，秋波横欲流"诸词，亦皆实写当日情事也。

龙榆生《南唐二主词叙论》：其为小周后而作《菩萨蛮》……尤极风流狎昵之至，不愧"鸳鸯寺主"之名。

菩萨蛮

蓬莱院①闭天台女②，画堂昼寝人无语。抛枕③翠云光④，绣衣闻异香。

潜来⑤珠锁⑥动,惊觉银屏⑦梦。脸慢⑧笑盈盈⑨,相看无限情。

[题解]

这是后主早期所作的一首词,写男女欢会,也可能是写李煜与小周后婚前的恋爱情事。马令《南唐书》卷六:"后主继室周氏,昭惠之母弟也。警敏有才思,神采端静。昭惠感疾,后常出入卧内……昭惠殂,后未胜礼服,待字宫中。明年,钟太后殂,后主服丧,故中宫位号久而未正。至开宝元年,始议立后为国后。……后自昭惠殂,常在禁中……至纳后乃成礼而已。"这首词大约作于小周后"禁中"的这个阶段,写词人乘午休之时宫中人静,幽会小周后。

[注释]

①蓬莱院:代指仙人居处,这里指女子的居所。蓬莱,海上仙山名。《史记·封禅书》:"蓬莱、方丈、瀛洲,此三神山者,其传在勃海中,去人不远;患且至,则船风引而去。盖尝有至者,诸仙人及不死之药皆在焉。"唐代有蓬莱宫,在今陕西省西安市长安区东。这里以唐代宫阁代指南唐宫院。②天台女:谓仙女。汉永平(58~75)年间,刘晨、阮肇入天台山采药,遇二仙女,被留半载;回到故乡,人间已过七世,已是晋太康(280~289)年间了。事见《太平御览》引南朝宋刘义庆《幽明录》及《太平广记》引《神仙记》。天台,山名,在今浙江省天台县北。③抛枕:女子睡觉时头发散开堆在枕上。④翠云光:形容头发乌黑浓密。宋柳永《洞仙歌》:"记得翠云偷剪,和鸣彩凤于飞。"⑤潜来:偷偷地进来。⑥珠锁:宫门搭扣。刻镂为连环,上缀珠饰。⑦银屏:室内床侧障蔽物。这里指白色而有光泽的屏风。⑧脸慢:形容脸蛋漂亮。慢,同"曼",有光鲜柔丽之意。《招魂》:"蛾眉曼睩。"王逸注:"曼,泽也。"南朝梁刘遵《繁华应令》诗:"鲜肤胜粉白,慢脸若桃红。"后蜀毛熙震《女冠子》:"修蛾慢脸,不语檀心一点。"⑨盈盈:形容美人笑容灿烂而美好。古诗《青青河畔草》:"盈盈楼上女,皎皎当窗牖。"

[评析]

上片描写了一幅美人昼寝图。

"蓬莱院闭天台女，画堂昼寝人无语。"蓬莱是中国神话中最美丽的仙境。"山在虚无缥缈间"（《长恨歌》）；"未至，望之若云。及到，三神山反居水下。临之，风辄引去，终莫能至云"（《史记·封禅书》）。蓬莱院说其居住环境之美，不仅如"卢家少妇郁金堂"的写法一般以环境来衬托人物之高贵，更接以"天台女"直言其形容气质之美若仙子。雕金镂玉之中，美人半睡之时，营造了一种暧昧、私密、幽闭的约会氛围。"闭"字的用法，可以理解为"雨打梨花深闭门"之闭，因为昼寝，所以女子将门掩上。也可以理解为"锁"，乃是身为国主的作者对于金屋藏娇的得意。

"抛枕翠云光，绣衣闻异香。"上两句是一个远景描写，三、四两句则是两个特写镜头，写女子和衣而卧，秀发散开，色泽光亮而柔软；绣花衣上散发出阵阵异香。"抛"字用得好，有画面感。"翠"，形容头发颜色之青葱；"云"，形容头发之细密柔软；"光"，则是说头发之润泽光滑，借此一点写足女子之美色。这都是视觉感受。"绣"，自然亦有图案颜色之美，而"异香"则是强烈的嗅觉刺激。这里通过堆砌的感官享受传达作者沉溺而陶醉之感。

上片属于静态描写，是肖像画；下片则是一段视频，情节生动，富有戏剧色彩。

"潜来珠锁动，惊觉银屏梦。"作者悄悄地推门而入，不料门上搭扣，缀有珠石，即使小心翼翼，也难免弄出细碎的声音，惊醒了女子的沉酣香梦。"潜来"两字甚好，有些戏谑、有些调皮、有些体贴的意思，正是热恋中小儿女情态。

"脸慢笑盈盈，相看无限情。"因为梦中醒来，第一眼看到的是最喜爱的人，或者也刚好是梦中人，所以转惊为喜，即所谓"相见欢"之意。"脸慢笑盈盈"表面上看写的是"我"眼中的她，其实"以我观物（人）"，物皆着我之颜色，可想而知的是，"我"的含情脉脉，所以下言"相看"。人世间的男女之爱，原本平常，若细分起来有那肉体之爱、虚荣之爱，等等。而其中难得的是只因为两情相悦的互相感发，"生者可以死，死者可以复生"的知己之爱。所以高山流水，贵在无一语，已心知。

作为国主的李煜或许有太多的不足，作为词人的李煜，确是深于情者。将他置于彼时彼地的历史阶段中，置于"女性五千年历史性败北"的男权文化背景中，更显其难能之可珍视。

[集评]

唐圭璋《李后主评传》："脸慢笑盈盈，相看无限情"（《菩萨蛮》），"眼色暗相钩，秋波横欲流"（《菩萨蛮》），"奴为出来难，教君恣意怜"（《菩萨蛮》），所写也都缱绻缠绵，婉约多情。

菩萨蛮

铜簧①韵脆②锵③寒竹④，新声⑤慢奏移纤玉⑥。眼色暗相钩⑦，秋波⑧横欲流。

雨云⑨深绣户⑩，未便⑪谐衷素⑫。宴罢又成空，魂迷春梦中。

[题解]

这是一首恋情词，描写一位男子在筵席上与一个吹奏乐器的女子钟情相悦而心事终虚化的故事。晚唐五代时期，《菩萨蛮》是最流行最受欢迎的词调之一，据说唐宣宗最爱听的曲子即《菩萨蛮》。李后主三首《菩萨蛮》都写爱情故事，或许也与当时这种词调的普遍流行有关。

[注释]

①铜簧：乐器中的薄叶，以铜片制成，用以振动发声。《诗·小雅·鹿鸣》："吹笙鼓簧。"②脆：声音清越。③锵：象声词，指发出响亮清越的优美之声。《风俗通·声音》："汉兴，制氏世掌大乐，颇能纪其铿锵而不能说其义。"宋陆游《老学庵笔记》卷六："胡武平上吕丞相启云：'手提天铎，锵正

始之遗音；梦授神橡，摈夺朱之乱色。'盖不悟正始为年名也。"元刘埙《隐居通议·理学一》："岳峻杓明，珠辉玉锵。"亦以形容金、玉等撞击声。元周权《夏日偕友晚步饮听泉轩》诗："石根泻幽泉，戛戛锵琳球。"④寒竹：指用竹做成的乐器，如笙、箫、笛等。⑤新声：新作的乐曲，新颖的乐曲。晋陶潜《诸人共游周家墓柏下》："清歌散新声，绿酒开芳颜。"⑥移纤玉：代指美人移动手指，吹奏乐曲。纤玉，比喻美女纤细、雪白的手指。前蜀贯休《行路难》诗之二："几度美人照影来，素绠银瓶濯纤玉。"⑦眼色：传情示意的目光，亦指脸色。唐吴融《浙东筵上有寄》诗："襄王席上一神仙，眼色相当语不传。"元王实甫《西厢记》第四本第一折："空调眼色，经今半载，这其间委实难捱挨。"《红楼梦》第四十回："鸳鸯一面侍立，一面递眼色。"钩：同"勾"，招引。⑧秋波：比喻美女的目光，形容其清澈明亮。元朱德润《对镜写真》诗："两两秋波随彩笔。"宋苏轼《百步洪》诗："佳人未肯回秋波，幼舆欲语防飞梭。"元王实甫《西厢记·惊艳》："怎当他临去秋波那一转。"《警世通言·白娘子永镇雷峰塔》："那娘子和丫鬟舱中坐定了，娘子把秋波频转，瞧着许宣。"⑨雨云：即云雨。战国楚宋玉《高唐赋》述楚王游高唐，梦神女荐枕。临去致辞曰："旦为行云，暮为行雨。"后世遂用云雨作为男女欢会的典故。唐方干《赠美人》诗之一："才会雨云须别去，语惭不及琵琶槽。"⑩绣户：雕绘华美的门户，多作贵妇闺房之美称。南朝宋鲍照《拟行路难》诗之三："璇闺五墀上椒阁，文窗绣户垂罗幕。"⑪未便：没有立即。⑫谐：合。衷素：内心的真情。素，通"愫"，真情。

[评析]

开篇先写宫廷宴会上声乐和演奏的情况："铜簧韵脆锵寒竹"，"铜簧"、"寒竹"，指各种铜制或竹制的乐器，它们一齐奏出清脆、响亮的美妙声响。而在杂乐纷陈、众音并作之时，有一个独特的声音引起了作者的注意："新声慢奏移纤玉。"这也不过是"回眸一笑百媚生，六宫粉黛无颜色"的意思，以众声之平平，衬托出"新声"之妙，表现这一演奏者技艺之不同凡俗。据马令《南唐书》载：李煜和大周后都精通音律，常改旧曲为新声。这里所说"新声"或即指此。"慢奏","慢"字可以有两种解释:一作"缓"解,曲子缓慢而抒情。一作同"曼",曲子曼妙动听。

是谁如此知音呢?是谁演奏出如此动人的乐曲呢?陆游《南唐书》有一段记载说:"有宫人流珠者,性通慧,工琵琶。后主演《念家山破》及昭惠(即大周后)所作《邀醉舞》、《恨来迟》二破,久而忘之。后主追念昭惠,问左右,无知者。流珠独能记忆,无所忘失。后主大喜。"此词所写擅长演奏的女子,很可能就是像流珠这样的宫人。用"纤玉"来形容手指的细嫩、雪白,并以手指之美指代女子之美丽动人,也是诗词中常见的写法。这里很自然地交代了作者如何从对其音乐技艺的欣赏过渡到对其人的爱慕。

次二句写俩人感情相通:"眼色暗相钩,秋波横欲流。"顾恺之说:"四体妍蚩,本无关于妙处。传神写照,正在阿堵中。"(《世说新语·巧艺》)所谓"心有灵犀一点通",上层男女之间的目许心成多是在这些"分曹射覆"歌舞游戏活动时完成的。

过片"雨云深绣户,未便谐衷素"二句宕开一笔,若不以千山万水,重重阻隔,何以见情之深,情之切?雨云当然可以理解为男女欢会,也可以理解为一种朦胧和迷惘心情的象征,重帘绣户,一时之间,两人内心的情愫无法尽情倾诉。

末尾二句"宴罢又成空,魂迷春梦中"可以看做是写实,但以一天子之尊,何求不得?结合李煜的身世气质,其实何须将词中虚构的"故事"坐实呢?将"梦里不知身是客"与这里的"魂迷春梦中"对照,你会看到一个注定的悲剧性人生,虽然这个悲剧带有宿命的性质,但在更大程度上说,却是由于其自身的性格缺陷造成的。无论是其前期帝王之歌,还是后期的囚徒之歌,我们都能从中感到浓厚的徒劳感。

爱与美,原本总是转瞬即逝,也正因为对于这种悲剧性的超越常人的深刻体悟,从某种角度说,导致了李煜对于生命中至为珍贵的一切，都以消极的态度面对。甚至家国天下，莫不如此！

　　这首词显示出他一贯的艺术特色，那就是善用白描手法，精练而准确地表达出自我心灵深处的复杂感受，真实细腻，委曲而深沉。

[集评]

　　明卓人月《古今词统》卷五：徐士俊云："后主词率意都妙。即如'衷素'二字，出他人口便村。"

　　明沈际飞《草堂诗余续集》卷上：精切。后叠弱，可移赠妓。

　　俞陛云《唐五代两宋词选释》：《古今词话》云"词为继立周后作也"。幽情丽句，固为侧艳之词。赖次首末句以迷梦结之，尚未违贞则。

清平乐

　　别来春半①，触目②柔③肠断。砌下④落梅⑤如雪乱，拂了一身还满。

　　雁来⑥音信无凭⑦，路遥归梦⑧难成。离恨⑨恰⑩如春草，更行更⑪远还⑫生。

[题解]

　　《清平乐》：唐教坊曲名，越调。题目一作《忆别》，是一首伤今忆旧之词。词意空灵隽永，未必如前人所言亦是因七弟从善入宋不归而作。其中抒发的"离恨"，既可以看做男女间的离愁别恨，更可看做远离故国之恨。从词情来说，更可能是亡国入宋后所作。宋开宝八年（975），宋太宗命将下江南，破金陵，南唐李后主肉袒出降。后主虽曾有殉国之说，却无决死之心。他忍辱到汴梁待罪，听候处理。此后在汴梁的生活，便是如金陵旧宫人书中所云："此中日夕只以眼泪洗面。"及至宋太祖赵匡胤驾崩之后，宋太宗对他更是极尽凌辱之能事。他终于在极为悲惨的境况中含恨而亡。

[注释]

①春半：谓春季已过半。唐张若虚《春江花月夜》诗："昨夜闲潭梦落花，可怜春半不还家。"唐柳宗元《柳州二月榕叶落尽偶题》诗："宦情羁思共凄凄，春半如秋意转迷。"②触目：目光所及。《晋书·习凿齿传》："来达襄阳，触目悲感，略无欢情。"宋欧阳修《采桑子》词："归来恰似辽东鹤，城郭人民，触目皆新，谁识当年旧主人。"沈从文《新景与旧谊·新湘行记》："忽然又来到这么一个地方，记忆习惯中的文字不免过于陈旧了，触目景物人事却十分新。"③柔：一作"愁"。④砌下：台阶下面。砌，台阶，南朝齐谢朓《直中书省》诗："红药当阶翻，苍苔依砌上。"唐陆龟蒙《白鸥》诗序："有白鸥翩然，驯于砌下，因请浮而玩之。"宋洪迈《夷坚丙志·江世安》："一日，雨初霁，砌下五色光十数道直出檐间。"清钱泳《履园丛话·园林·朴园》："园甚宽广，梅萼千株，幽花满砌。"⑤落梅：指白梅花，开放较迟，故春半还有落梅。⑥雁来：相传鸿雁能传递书信。《汉书·李广苏建传》附《苏武传》载，汉求（苏）武等，匈奴诡言武死。后汉使复至匈奴，常惠请其守者与俱，得夜见汉使，具自陈道，教使者谓单于，言天子射上林中，得雁，足有系帛书，言武等在某泽中。匈奴不得已，便将苏武遣回汉朝。⑦无凭：没有凭据。唐韩偓《幽窗》诗："无凭谙鹊语，犹得暂心宽。"宋晏几道《鹧鸪天》词："相思本是无凭语，莫向花笺费泪行。"这里是说北雁南归没有带来故国的消息。⑧归梦：归乡之梦。南朝齐谢朓《和沈右率诸君饯谢文学》："望望荆台下，归梦相思夕。"唐段成式《逸句》："虱暴妨归梦，虫喧彻曙更。"瞿秋白《赤都心史》十八："心神不定，归梦无聊。"⑨离恨：因别离而产生的愁苦。南朝梁吴均《陌上桑》诗："故人宁知此，离恨煎人肠。"《儿女英雄传》第二十一回："把这一腔离恨，哭个痛快。"李大钊《送别幼衡》诗："壮别天涯未许愁，尽将离恨付东流。"⑩恰：另本作"却"。⑪更：副词。更加；愈加。《战国策·韩策一》："与之，即无地以给之；不与，则弃前功，而后更受其祸。"《敦煌变文集·捉季布传文》："季布闻言心更大。"清赵翼《瓯北诗话·白香山诗》："此外如三十、二十韵者，更不可胜计。此亦古来所未有也。"⑫还：音"旋"，快速也。

[评析]

词写离愁别恨，起笔即言"别"，统摄全篇。

"别来春半，触目柔肠断。""春半"，点明时节，也说明离别的时间已久。次句"触目柔肠断"，最为沉痛。"触目"引出眼前实景，言望眼所及之处，无不令人愁肠欲断。这是弱者悲凉的哀诉。词之后六句均由"触目"及"肠断"生发而出。

"砌下落梅如雪乱，拂了一身还满。""砌下"两句，即承"触目"二字而来。"落梅如雪"，既是写实景，又关合"春半"，暗示时光的流逝。一"乱"字更写出心绪的伤痛迷乱。"拂了一身还满"，言梅花凋败零落的快速，写足"春归如过翼"之意。落花纷纷，拂了还满，既见落花之多，又见久立沉吟之态。那乱坠如雪的白梅，固然是驱之不散、挥之不去的离愁的象征，又何尝不是其凋零身世的象征？冯延巳有词："和泪试严妆，落梅飞晓霜。"（《菩萨蛮》）李煜的此句，或受其启发，但论起"心中景"、"景中情"的完美融合，两词有云泥之隔。

下片是四个六字句，承"别来春半"四字而来，层层抒写胸中愁怨。

"雁来音信无凭"六字，写出了主人公由企盼到失望进而忧怨的心理过程。这首词有人或以为与《阮郎归》一样是为其弟而作，是感慨兄弟离别。从词情来看，应该有更深沉的寄托，断为亡国之哀思可能更为近实。更何况文学作品的本事只是文学接受过程中的一个参照而已，未可索隐坐实。它的传之弥远，恰恰在于有着超越于本事之外的普泛的可引起后世共鸣的情感。旧时风物，渺茫而又遥远。今日之事，向谁诉说？"无凭"二字写出"昨日之事不可留"，人生的残酷正在于无论你有多少的留恋，已然失去的美好事物再也无法挽回。

于是词人又希望自我麻痹，"梦里不知身是客，一晌贪欢"，就是在梦中神游故国，一慰相思渴念也是好的呀。可此时连"归梦"都做不成。连这最小的希望、期待都彻底幻灭，人生的痛苦一旦如斯,怎一个"愁"字了得!

末二句:"离恨恰如春草,更行更远还生。"用触处皆生、漫无边际而又浓密零乱的春草来喻离愁,写出离恨的不绝如缕而难以排解。"离恨恰如春草",语气简捷而肯定,意思明白而有概括力,与下一句的象喻形成一种刚柔相济、爽朗与朦胧对照的修辞之美。"野火烧不尽,春风吹又生",春草繁茂,生命力极强,所谓"江草唤愁生"(杜甫),已然说出离愁别恨之深、之重、之密,更哪堪它"更行更远还生"!"还生"者,又生、更生,快速滋长的意思。这人生的愁苦似乎不仅没有穷尽的时候,反而越来越多了,这末一句虽只是哀哀道来,并不歇斯底里,但已是温厚儒雅的后主所能发出的最强音的绝望的呐喊。

结句又与上片歇拍"拂了一身还满"首尾相连,遥相呼应,哀痛之情回旋不去。

前人曾指出,欧阳修的"离愁渐远渐无穷,迢迢不断如春水"(《踏莎行》)以及秦观的"倚危亭,恨如芳草,萋萋刬尽还生"(《八六子》),都可能是从后主此词末二句化出。

[集评]

清谭献《谭评词辨》卷二:"泪眼问花花不语,乱红飞过秋千去",与此同妙。

清陈廷焯《云韶集》卷一:欧阳公"离愁渐远渐无穷,迢迢不断如春水",从此脱胎。

俞平伯《读词偶得》:落梅雪乱,殆玉蝶之类也,春分固有残英。"砌下"两句,戏谓之摄影法。上下片均以折腰句结,"拂了一身还满",二折也;"更行更远还生",三折也。……此两句善状花前痴立,怅怅何之,低回几许之神,似画而实画不到,诗情兼画意者。……"雁来"句轻轻地说,"路遥"句虚虚地说,似梦之不成,乃路遥为之,何其微婉欤。……于愁则喻春水,于恨则喻春草,颇似重复,而"恰似一江春水向东流",以长句一气直下,"更行更远还生",以短语一波三折,句法之变换,直与春水春草之姿态韵味融成一片,外体物情,内抒心象,岂独妙肖,谓之入神可也。虽同一无尽,而千里长江,滔滔一往;绵绵芳草,寸接天涯,其所以无尽则不尽同也。词情调情之吻合,词之至者也。后主之词,此两者每为不可分之完整,其本原悉出于自然,不假勉强,夫勉强而求合,岂有所谓不可分之完整耶?是以知其必出于自然也。

俞陛云《唐五代两宋词选释》:上段言愁之欲去仍来,犹雪花之拂了又满;下段言人之愈离愈远,犹草之更远还生,皆加倍写出离愁。且借花草取喻,以渲染词句,更见婉妙。六一词之"行人更在春山外",东坡诗之"但见乌帽出复没",皆言极目征人,直至天尽处,与此词春草句,俱善状离情之深挚者。

唐圭璋《李后主评传》:上半阕写落花。写花中的人,依稀隐约,情境逼真。《楚辞·九歌》的《湘夫人》说"帝子降兮北渚,目眇眇兮愁予。袅袅兮秋风,洞庭波兮木叶下",正与此有同样的妙处。下半阕写情,与写境相映,也更加生动。秦观词:"恨如芳草,萋萋刬尽还生。"正从后主的末句脱胎。

唐圭璋《唐宋词简释》:此首即景生情,妙在无一字一句之雕琢,纯是自然流露,丰神秀绝。起点时间。次写景物。"砌下"两句,即承"触目"二字写实。落花纷纷,人立其中,境乃灵境,人似仙人,拂了还满,既见落花之多,又见描摹之生动,愁肠之所以断者,亦以此故。中主是写风里落花,后主是写花里愁人,各极其妙。下片,承"别来"二字深入。别来无信一层,别来无梦一层。着末,又融合情景,说出无限离恨。眼前景,心中恨,打并一起,意味深长。少游词云:"倚危亭,恨如芳草,萋萋刬尽还生。"周止庵(周济)以为神来之笔,实则亦袭此词也。

阮郎归

东风吹水日衔山,春来长是闲。落花狼藉①酒阑珊②,笙歌③醉梦间。

佩声悄④,晚妆残,无人整翠鬟⑤。留连光景惜朱颜⑥,黄昏独倚阑⑦。

[题解]

《阮郎归》：又名《醉桃源》、《碧桃春》。四十七字，平韵。此词传为冯延巳作，见《阳春集》。又传为欧阳修作，见《欧阳文忠公近体乐府》。

据明吴讷《百家词》各种抄本《南唐二主词》均注："呈郑王十二弟。"篇末注："后有隶书'东宫书府'印。"说明这是李煜给他的弟弟李从善的。

宋陆游《南唐书》卷一六："从善字子师，元宗第七子。……开宝四年遣朝京师，太祖已有意召后主归阙，即拜从善泰宁军节度使，留京师，赐甲第汴阳坊。……后主闻命，手疏求从善归国。太祖不许，以疏示从善，加恩慰抚，幕府将吏皆授常参官以宠之。而后主愈悲思，每凭高北望，泣下沾襟，左右不敢仰视。由是岁时游燕，多罢不讲。尝制《却登高文》曰：'玉甲澄醪，金盘绣糕。茱房气烈，菊蕊香豪。左右迩而言曰：惟芳时令月，可籍野以登高。矧上林之伺幸，而秋光之待褒乎？予告之曰：昔予之壮也。意如马，心如猱，情盘乐恣，欢赏忘劳。怕心志于金石，泥花月于诗骚。轻五陵之得侣，陋三秦之选曹。量珠聘妓，纫彩维艘。被墙宇以耗帛，论丘山而委糟。年年不负登临节，岁岁何曾舍逸遨。小作花枝金剪菊，长裁罗被翠为袍。岂知萑苇乎性，忘长夜之靡晔；宴安岂毒，累大德于滔滔。今予之齿老矣！心凄焉而忉忉；怆家艰之如毁，萦离绪之郁陶。陟彼冈兮肢予足，望复关兮睇予目。原有鸰兮相从飞，嗟予季兮不来归。空苍苍兮风凄凄，心踯躅兮泪涟丽。无一欢之可作，有万绪兮缠悲。于戏噫嘻！尔之告我，曾非所宜。'从善妃屡诣后主号泣。后主闻其至，辄避去。妃忧愤而卒。国人哀怜之。国亡改授右神武大将军。太平兴国初改右千牛卫上将军。雍熙四年卒，年四十八。"

李煜初名从嘉，是李璟的第六子，七子从善生于昇元四年（940），比生于昇元元年（937）的从嘉小三岁。初封郑王，徙封韩王，最后封郑王。虽为第七子，古人排行依大小有多种排法，十二弟即是七弟。

这首小词字面上是写一个女子黄昏时倚栏怀人，俞陛云以为实则表达了作者的"鸰原之思"，所谓鸰原之思，典出《诗·小雅·棠棣》的"脊令在原，兄弟急难"。脊令，就是鹡鸰，本是水鸟，今在高原，失其常处，故或飞或鸣，以求其类，犹兄弟遇有急难，须相互援手。后因以"鸰原"指兄弟友爱。

[注释]

①狼藉：纵横散乱的样子。《史记·滑稽列传》："日暮酒阑，合尊促坐，男女同席，履舄交错，杯盘狼藉。"唐元稹《夜坐》诗："孩提万里何时见？狼藉家书满卧床。"宋欧阳修《采桑子》词："狼藉残红。"②阑珊：衰减；消沉。唐白居易《咏怀》："白发满头归得也，诗情酒兴渐阑珊。"宋贺铸《小重山》词："歌断酒阑珊，画船箫鼓转，绿杨湾。"明王錂《春芜记·讯病》："情思转阑珊，更粉消珠泪，翠锁眉山。"③笙歌：合笙之歌。亦谓吹笙唱歌。《礼记·檀弓上》："孔子既祥，五日弹琴而不成声，十日而成笙歌。"唐王维《奉和圣制十五夜然灯继以酬客应制》诗："上路笙歌满，春城漏刻长。"宋张子野《南歌子》词："相逢休惜醉颜酡，赖有西园明月照笙歌。"明梁辰鱼《浣纱记·投吴》："千门花月笑相迎，香风满路笙歌引。"亦可泛指奏乐唱歌。如清蒲松龄《聊斋志异·西湖主》："归过洞庭，见一画舫，雕槛朱窗，笙歌幽细，缓荡烟波。"④佩：古代系于衣带的装饰品，常指珠玉、容刀、帨巾、觿之类。《诗·秦风·渭阳》："我送舅氏，悠悠我思。何以赠之，琼瑰玉佩。"《左传·定公三年》："蔡昭侯为两佩与两裘，以如楚，献一佩一裘于昭王。"杜预注："佩，佩玉也。"唐韩愈《吊武侍御所画佛文》："于是悉出其遗服、栉、佩合若干种，就浮屠师请图前所谓佛者。"《花月痕》第五十一回："十五年前，你与我灞桥分手，解佩赠我。"又，"佩声悄"，《南唐二主词》、《花草粹编》以外各本作"春睡觉"。《欧阳文忠公近体乐府》罗泌校语云"'睡觉'一作'睡起'"。⑤翠鬟：妇女环形的发式。唐高蟾《华清宫》诗："何事金舆不再游？翠鬟丹脸岂胜愁？"宋欧阳修《生查子》："含羞整翠鬟，得意频相顾。"明梁辰鱼《浣纱记·越叹》："春衫袖，血泪斑，风沙满面卷翠鬟。"亦以借指美女。宋梅尧臣《次韵和永叔退朝马上见寄兼呈子华原甫》："吟寄侍臣知有意，翠鬟争唱口应干。"又，"无人"，另作"凭谁"。⑥朱颜：红润美好的容颜。⑦阑：门前栅栏；栏杆。《说文·门部》："阑，门遮也。"《史记·楚世家》："虽仪之所甚愿为门阑之厮者，亦无先大王。"南唐冯延巳《酒泉子》词："阶前行，阑外立，欲鸡啼。"宋林逋《孤山寺端上人房写望》诗："底处凭阑思眇然？孤山塔后阁西偏。"

[评析]

开篇构筑了一幅意境优美的画卷。辽阔的水面上东风微微吹拂,碧波荡漾。"日衔山"是黄昏时分,所谓"夕阳无限好",作者倒未必有意为之,以这种意象来"暗示国家民族命运",作"末世的喟叹"等等。但应该说,其颓丧无力的弱势心理有可能以一种个人无意识的方式投影到文学表现上。

"春来长是闲","春"字点明季节。"长是闲",既是一种生活状态,也是一种心理状态。一方面,闲而无事,容易引发寂寞的情绪;另一方面,作为一国之主,他的"闲"恐怕也有无作为的失败感,或无能为力的挫折感隐寓其中。"长"字强调了一种持续的惰性,只能眼睁睁任美好的光阴飞逝,任国事越来越不可为,任心中的苦涩、惶恐与日俱增。

"东风"句是远景,"落花"句由远及近。"落花狼藉",写出春归的迅速与无情。"落花"是所见,"酒阑珊",则是所感。所谓"抽刀断水水更流,举杯消愁愁更愁",酒醒之后,词人更觉意兴阑珊。

此情此景,若想忘忧,也只在醉梦之间罢了:"落花狼藉酒阑珊,笙歌醉梦间。""笙歌醉梦间",亦可理解为这个春天由于兄弟不归,罢笙歌乐舞,如今只有在醉梦中寻找到昔日的快乐逍遥。后主生性仁厚,对待诸弟,忠诚笃爱。其父李璟,在即位问题上,一味逊让,登位之后,便立其弟景遂为皇太弟,表示让国的决心。但长子弘冀,一面怀恨其叔夺了他的嗣位,一面妒忌其弟李煜相貌清奇,才华出众。李煜开始只以读书避祸,及见弘冀鸩杀叔父,当了皇太子,更为惴惴不安。后弘冀暴卒。李煜的另外四个哥哥也早亡。李煜依序该当国主,但中主平素最喜从善,有大臣曾上疏保荐从善嗣位,中主未置可否,临崩时遗诏李煜即位。李煜即位后,有大臣奏从善有觊觎王位之嫌。李煜不但不究,反格外友爱。开宝四年(971)国势日衰,宋灭南汉,即将吞噬南唐,李煜大惧,乃去唐号,自称江南国主,又备藩臣礼,遣弟从善至宋进贡,宋朝为了牵制南唐，有意不放从善回国，令后主心情愈加抑郁和颓丧。

下片写梦醒后的情态。

"佩声悄，晚妆残，无人整翠鬟。""佩声悄"，是思念的远人未回。"晚妆残"是主人公醒来后，对镜一照，发现晚妆凌乱。却"无人整翠鬟"，这是点明她此时处境的孤独。此处借香草美人之比，来表达李煜内心纠结的满腹心事。

孱弱而多情的词人没有"待从头收拾旧山河"的勇气与魄力，也没有眼力发现得力之人委以重任。值此危亡之际，唯一手足至亲的弟弟也滞留北方，更让他觉得没有依靠。

结末二句"留连光景惜朱颜，黄昏独倚阑"。朱颜，形容女子美好的容颜，也可以"朱颜"代指美貌的青年男子，如"勿以朱颜好，而忘白发侵"（李端《长安书事寄卢纶》）。当然也可以形容南唐的大好河山，如《虞美人》中的"雕栏玉砌应犹在，只是朱颜改"。这一句语似平淡而难掩沉痛。"独"字与"闲"字首尾衔接，"黄昏"与"日衔山"相互照应，是勉强的自我开解，还是好好地珍重爱惜这（余下的）美好时光，别白白在苦闷中消磨意气，上楼去倚着栏杆看看风景，散散心吧。

全词没有直接的情绪表达，但全词都是在写主人公的孤独处境与情怀，有无限伤感和无奈。

[集评]

宋陆游《南唐书》卷一六：从善字子师，元宗第七子。……开宝四年遣朝京师，太祖已有意召后主归阙，即拜从善泰宁军节度使，留京师，赐甲第汴阳坊。……后主闻命，手疏求从善归国。太祖不许，以疏示从善，加恩慰抚，幕府将吏皆ía常参官以宠之。而后主愈悲思，每凭高北望，泣下沾襟，左右不敢仰视。由是岁时游燕，多罢不讲。尝制《却登高文》曰："……陟彼冈兮肢予足，望复关兮睇予目。原有鸰兮相从飞，嗟予季兮不来归……"从善妃屡诣后主号泣。后主闻其至，辄避去。妃忧愤而卒。国人哀怜之。

明沈际飞《草堂诗余正集》卷一：意绪亦似归宋后作。

明卓人月《古今词统》卷六：徐士俊云：后主归宋后，词常用"闲"字，总之闲不过耳，可怜。

明李廷机《草堂诗余评林》卷一：李后主著作颇多，而此尤杰出者。

明李于鳞：上写其如醉如梦，下有黄昏独坐之寂寞。似天台仙女，伫望归期，神思为阮郎飘荡。（引自《南唐二主词汇笺》）

俞陛云《唐五代两宋词选释》：词为十二弟郑王作。开宝四年，令郑王从善入朝，太祖拘留之。后主疏请放归，不允。每凭高北望，泣下沾襟。此词春暮怀人，倚阑极目，黯然有鸰原之思，煜虽孱主，亦性情中人也。

乌夜啼

无言独上西楼①，月如钩②。寂寞梧桐③深院锁清秋④。剪不断，理还⑤乱，是离愁⑥，别是一般⑦滋味在心头。

[题解]

《乌夜啼》原为唐教坊曲，三十六字，上片平韵，下片两仄韵两平韵。又名《相见欢》、《上西楼》、《月上瓜洲》、《秋夜月》、《忆真妃》。李煜《乌夜啼》调共有三阕，其中"昨夜风兼雨"一首，《全唐诗》作《锦堂春》，"林花谢了春红"一首和此首，《花草粹编》均作《相见欢》。或以为是蜀主孟昶作，不可信。《草堂诗余续集》、《古今诗余醉》调下有题《离怀》；《清绮轩词选》调下有题《秋闺》。

这首词或以为是"从善朝宋，被羁留不得南归后所作"，但从词意来推测，彼时伤离恨别之情当不致如此哀凉。应是亡国后的作品。

[注释]

①西楼：李煜入宋后被幽禁的地方。②月如钩：南朝宋鲍照《玩月》诗："始见西南楼，纤纤如玉钩。"③梧桐：落叶乔木。种子可食，亦可榨油，供制皂或润滑油用。木质轻而韧，可制家具及乐器。古代以为是凤凰栖止之木。《诗·大雅·卷阿》："凤凰鸣矣，于彼高冈。梧桐生矣，于彼朝阳。"孔颖达疏："梧桐可以为琴瑟。"《庄子·秋水》："夫鹓鶵发于南海，而飞于北

海,非梧桐不止。"唐聂夷中《题贾氏林泉》诗:"有琴不张弦,众星列梧桐。须知澹泊听,声在无声中。"《广群芳谱·木谱六·桐》:"立秋之日,如某时立秋,至期一叶先坠,故云:'梧桐一叶落,天下尽知秋。'"梧桐落叶最早,所以,以梧桐叶落表示秋天的来临,后亦以比喻事物衰落的征兆。④锁清秋:为清秋所笼罩。锁,封闭。唐白居易《潜别离》诗:"深笼夜锁独栖鸟,利剑春断连理枝。"唐李商隐《无题》诗之二:"金蟾啮锁烧香入,玉虎牵丝汲井回。"一作"锁深秋"。⑤还:立即,随即。⑥离愁:指离别之愁,隐含去国之愁。⑦别是一般:另有一种。唐裴度《真慧寺》诗:"更有一般人不见,白莲花向半天开。"宋刘克庄《乳燕飞·寿干官》词:"风流八十,是人间妆点,孩儿眉额。再着三星添上面,又是一般奇特。"别是,一作"别有"。一般,一作"一番"。

[评析]

"无言独上西楼,月如钩。"此时的无言,是作为亡国之君,夫复何言?"心事莫将和泪说"(《望江南》)也是无人可说,即所谓:"一桁珠帘闲不卷,终日谁来?"(《浪淘沙》)"独上"二字则将内心的寂寞形诸外在,形单影只,形影相吊。"月如钩"这个比喻,虽极简单,却写出了秋夜深沉而光影黯淡的环境特征,暗合词人的心境,画面感很强。新月如钩,是月未满,而人不圆。

"寂寞梧桐深院锁清秋"这一句描写囚禁生活的凄凉、冷落的环境,烘托词人的孤苦与哀愁。所谓"秋雨梧桐叶落时",身为阶下囚的自己和小周后所遭受的种种不堪,一言难尽。在风刀霜剑严相逼之下的词人如同秋风中的梧桐,来日无多。

"锁"字含义深长,既见出环境封闭的严酷,又写出内心的高度压抑。深院"锁"住的不止是深秋的寒意,更是内心深处无法倾诉的深哀巨痛。上有如钩残月,下有寂寞梧桐,构成一立体的时空境界。呈现的是词人俯仰天地,无计求生的万感忧伤。

又所谓"梧桐树,三更雨,不道离愁正苦",自然地引出下片:"剪不断,理还乱,是离愁,别是一般滋味在心头。"李煜之写愁可谓千古一人，无论是"离恨恰如春草，更行更远还生"（《清平乐》），还是"问君能有几多愁，恰似一江春水向东流"（《虞美人》），都以为是绝等的境界了，哪知还有更为高妙的。

"剪不断，理还乱"，这两句之妙并不在于将抽象之思具象化，如上引两例以草喻愁，以水喻愁。而在于以"愁"为"仇"的独特心理。理，理不清，剪，剪不断，如久病之恨药，若非久陷深愁巨恨绝无此种言语。

而"别是一般滋味在心头"妙在含蓄。李清照《声声慢》曰："这次第，怎一个愁字了得。"虽以有限代无限，算得曲折，但还有一个情绪的爆发在里面。这一句后人之所以认为是"浅语深情"，恰恰是因为他将如此强烈而郁积的情绪作了一个淡化的处理，大音希声，大象无形，大悲若喜。

[集评]

宋黄升《唐宋诸贤绝妙词选》卷一：此词最凄婉，所谓"亡国之音哀以思"。

明沈际飞《草堂诗余续集》：七情所至，浅尝者说破，深尝者说不破，破之浅，不破之深。"别是"句妙。

明茅暎《词的》卷一：绝无皇帝气。可人，可人。

清陈廷焯《词则·大雅集》卷一：哀感顽艳，只说不出。

陈廷焯《云韶集》卷一：凄凉况味，欲言难言，滴滴是泪。

陈廷焯《白雨斋词话》：思路凄惋，词场本色。

王闿运《湘绮楼词选》前编：词之妙处，亦别是一般滋味。

俞陛云《唐五代两宋词选释》：后阕仅十八字，而肠回心倒，一片凄异之音，伤心人固别有怀抱。

刘永济《唐五代两宋词简析》：此亦李煜降宋后作……后首上半阕言所处之寂寞。下半阕满腹离怨，无语可以形容，故朴直说出。"别是"句，尤为沉痛。盖亡国君之滋味，实尽人世悲苦之滋味无可与比者。故曰："别是一般。"此二首表面似春秋闺怨之词，因不敢明抒己情，而托之闺人离思也。

俞平伯《读词偶得》：玩其词情，亦分五转，上三下二。自来盛传其"剪不断，理还乱"，以下四句；其实首句"无言独上西楼"六字之中，已摄尽凄婉之神矣。

俞平伯《唐宋词选释》：这篇《花庵词选》有"凄惋哀思"的评语。虽上片写景，下片抒情，凄凉的气象，却融会全篇，如起笔"无言独上西楼"一句，已摄尽凄婉的神情，"别是一番滋味"，也是离愁。"剪不断，理还乱"，还可形状，这却说不出，是更深一层的写法。

唐圭璋《唐宋词简释》：此首写别愁，凄婉已极。"无言独上西楼"一句，叙事直起，画出后主愁容。其下两句，画出后主所处之愁境。举头见新月如钩，低头见桐阴深锁，俯仰之间，万感萦怀矣。此片写景亦妙。惟其桐阴深黑，新月乃愈显明媚也。下片，因景抒情。换头三句，深刻无匹，使有千丝万缕之离愁，亦未必不可剪，不可理。此言"剪不断，理还乱"，则离愁之纷繁可知，所谓"别是一番滋味"，是无人尝过之滋味，惟有自家领略也。后主以南朝天子，而为北地幽囚，其所受之痛苦，所尝之滋味，自与常人不同。心头所交集者，不知是悔是恨，欲说则无从说起，且亦无人可说，故但云"别是一番滋味"，究竟滋味若何，后主且不自知，何况他人？此种无言之哀，更胜于痛哭流涕之哀。

乌夜啼

昨夜风兼雨，帘帏①飒飒②秋声。烛残漏滴③频④欹⑤枕，起坐不能平。

世事漫⑥随流水，算来一梦浮生⑦。醉乡路稳⑧宜频到，此外不堪行⑨。

[题解]

《乌夜啼》本唐教坊旧曲。后主借旧曲名，翻作新声。这首秋夜抒怀词，写尽李煜降宋后的生活实况和囚居心境，以及企图逃离愁乡的种种徒劳无益的努力和苦涩滋味。

[注释]

①帘：遮窗之物，以竹织成。帏：用布做成的帐幕。②飒飒：象声词，这里指风吹帘帏发出的声响。③漏滴：漏壶滴下的水点。古人计算时刻，用铜壶盛水，底穿一孔滴水，中间插入一根标杆，标杆上有刻度，水流出或流入壶中时，即能用标杆上的刻度计算时刻。辽王徽《然灯夜述怀》诗："夷身幸入华胥境，甚惜今朝漏滴残。"明孟称舜《死里逃生》第四折："天上定盘浑不错，人间漏滴果无差。"一作"漏断"。④频：屡次，时常。⑤敧：倾倒，歪向一边，表示不能安枕。宋范仲淹《御街行》词："残灯明灭枕头敧，谙尽孤眠滋味。"⑥漫：徒然。⑦浮生：语本《庄子·刻意》："其生若浮，其死若休。"以人生在世，虚浮不定，因称人生为"浮生"。南朝宋鲍照《答客》诗："浮生急驰电，物道险弦丝。"唐李白《春夜宴桃李园序》："浮生若梦，为欢几何。"唐元稹《酬哥舒大少府寄同年科第》诗："自言行乐朝朝是，岂料浮生渐渐忙。"明王錂《春芜记·宴赏》："浮生回首如驰影，能消几度闲愁闷。"⑧醉乡路稳：谓人一醉就会忘掉世事艰难了。醉乡，指醉酒后神志不清时的境界。《新唐书·王绩传》：绩著《醉乡记》，以次刘伶《酒德颂》。⑨不堪行：不能行。

[评析]

上片以倒叙的方式开篇，写夜半实况："昨夜风兼雨，帘帏飒飒秋声。"风声、雨声、树声营造出一种凄苦的氛围，暗示出其处境。文士悲秋，自古而然，而对于亡国之君来说，飒飒秋声，更提醒了自然人生的寒冬将至。"昨夜"两字已经点出一夜的心灵煎熬。

下面二句写足此意："烛残漏滴频敧枕，起坐不能平。""烛残"，暗指夜已经很深。"漏滴"，暗示时间过得太慢。"频敧枕"，是说作者心绪纷乱如麻，满腔愁恨无处诉说，抑郁满怀，辗转反侧。失眠人情绪本来烦躁，窗外的秋风秋雨，又仿佛点点滴滴都在敲击着失眠人的心头，更增苦楚。心头的烦闷无法排解，"起"来挥之不去，"坐"下也无法平静。

作者有什么"不能平"呢？当然是家国之痛。作为亡国之君的李煜被封为违命侯，已明显是对其人格的侮辱、嘲弄。爱妻小周后例随命妇入宫。每一入辄数日而出，受尽宋太宗的凌辱。"起坐不能平"是其内心极端愤懑的表现。想来，小周后每每入宫不回的深夜，作者都会在漫长的等待中体会到亡国辱身、累及妻儿的真正含义，也在五内俱焚的煎熬中体会到什么叫做人间炼狱。正是"流水落花春去也，天上人间"！

下片转入沉思，勉作达观之词。"世事漫随流水，算来一梦浮生。""世事"一词在李煜心中既指南唐的兴亡及宋帝的威福等等一切令其不堪之事，又可能是泛指人世间一切的盛衰荣辱。当人无法主宰自己命运的时候，可能唯一的希望就是让时间抹平一切。王侯与蝼蚁，同尽随丘墟。自己曾拥有过的一切既然已经付诸东流，宋帝的威福也不会是永恒的。这是弱者的自我安慰，自我麻痹，多少有点阿Q的意味。

"算来一梦浮生"，既然人生如梦，皆是泡影，一切就不必过于认真。但加上"算来"二字，就露出了勉强，唯是信者，不问究竟，若问究竟，还是不信。这一剂麻醉药对于李煜来说可能还是剂量不够，终不能让他忘了"起坐不能平"的种种情事。

于是只好借酒浇愁："醉乡路稳宜频到，此外不堪行。"这末二句是全词最沉痛、最凄冷的两句。人们常说李煜生性懦弱，而他最后几年对于自身痛苦屈辱的一次次淋漓尽致的剖析，却可以说近乎残忍。"宜"字说明作者希望把一切悲苦都泯灭在"醉"与"梦"中，只是梦不长，醉易醒，而他的清醒也就是他的痛苦。

通篇抒写国亡身辱之恨而始终不着"恨"字。虽然诉说的是个体的身世之悲，但因用语浑成，遂上升成为一种具有普遍性的，对于人生"世事"之短促易变和不可把握的深沉感慨。

[集评]

俞陛云《唐五代两宋词选释》：此调亦唐教坊曲名也。人当清夜自省，宜嗔痴渐泯，作者辗转起坐不平。虽知浮生若梦，而无彻底觉悟。惟有借陶然一醉，聊以忘忧。此问若出于清谈之名流，善怀之秋士，便是妙词。乃以国主任兆民之重，而自甘颓弃，何耶？但论其词句，固能写牢愁之极致也。

唐圭璋《屈原与李后主》：亦写足人生之烦闷。夜来风雨无端，秋声飒飒，已令人愁绝；何况烛残漏滴之时，伤感更甚。"起坐不能平"一句，写出辗转无眠之苦来。下片回忆旧事，不堪回首。人世茫茫，人生若梦，无乐可寻，无路可行。除非一醉黄昏，或可消忧。不然无时无地不苦闷。此种厌世思想，与佛家相合。

唐圭璋《唐宋词简释》：此首由景入情，写出人生之烦闷。夜来风雨无端，秋声飒飒，此境已令人愁绝；加之烛又残，漏又断，伤感愈甚矣。"起坐不能平"句，写尽抑郁塞胸，辗转无眠之苦。换头，承上抒情，言旧事如梦，不堪回首。末两句，写人世茫茫，众生苦恼，尤为沉痛。后主词气象开朗，堂庑广大，悲天悯人之怀，随处流露。王静安谓："道君（指宋徽宗）不过自道身世之戚，后主则俨有释迦、基督担荷人类罪恶之意。"其言良然。

喜迁莺

晓月坠①，宿云②微，无语枕凭欹③。梦回芳草④思依依，天远雁声稀⑤。

啼莺⑥散，余花⑦乱，寂寞画堂⑧深院。片红⑨休扫尽从伊⑩，留待舞人归。

[题解]

这首小词写待人不归的相思情。缠绵悱恻，一往情深。俞陛云《唐五代两宋词选释》因词的内容是春晚花飞，宫人零落，所以把它断为后主失国后的作品。但从情词来说，却不似后期作品的痛定思痛，哀感顽艳，应该还是早期的作品。

[注释]

①晓月：拂晓的残月。坠：另本作"堕"。②宿云：昨夜的云。③枕凭欹：斜靠在枕上，翻来覆去。凭，靠。另本作"频"。欹，通"倚"，斜倚、斜靠。唐杜甫《重题郑氏东亭》诗："崩石欹山树，清涟曳水衣。"元石子章《竹坞听琴》第二折："几时能勾月枕双欹，玉箫齐品，翠鸾同跨。"④芳草：香草。汉班固《西都赋》："竹林果园，芳草甘木。郊野之富，号为近蜀。"后蜀毛熙震《浣溪沙》词："花榭香红烟景迷，满庭芳草绿萋萋。"明沈鲸《双珠记·家门始终》："万古千愁人自老，春来依旧生芳草。"诗人多以香草美人比忠贞或贤德之人。《楚辞·离骚》："何昔日之芳草兮，今直为此萧艾也。"王逸注："以言往日明智之士，今皆佯愚，狂惑不顾。"宋刘敞《泰州玩芳亭记》："《楚辞》曰：'惜吾不及古之人兮，吾谁与玩此芳草？'自诗人比兴，皆以芳草嘉卉为君子美德。"后人也借指所爱恋的人。前蜀牛峤《生查子》词："记得绿罗裙，处处怜芳草。"宋晏几道《泛清波》词："楚王渺，归思正如乱云，短梦未成芳草。"⑤雁声稀：指音信难凭。相传雁能传书，而今雁声稀少，说明没有远方所思念之人的音信。⑥啼莺：即黄莺。又称黄鹂、仓庚等。《禽经》："仓庚、黧黄，黄鸟也。"张华注："今谓之黄莺、黄鹂是也。"南朝梁丘迟《与陈伯之书》："暮春三月，江南草长，杂花生树，群莺乱飞。"《医宗金鉴·幼科杂病心法要诀·听声》："听声：啼而不哭知腹痛，哭而不啼将作惊。"注："有声有泪声长曰哭，有声无泪声短曰啼。"莺声尖脆，故曰"啼"。唐温庭筠《南歌子》词："隔帘莺百啭，感君心。"唐金昌绪《春怨》："打起黄莺儿，莫教枝上啼。"清王韬《淞隐漫录·合记珠琴事》："每一引吭，声如春晓之新莺。"⑦余花：春后的花。南朝齐谢朓《游东田》诗："鱼戏新荷动，鸟散余花落。"这二句写鸟散声歇、春花寥落的景象。⑧画堂：彩画装饰的厅堂。⑨片红：指零落的花瓣。⑩尽从伊：任由它，听其自然。

[评析]

上片抒写女子梦回初醒时的情景。

前三句为实景："晓月坠，宿云微，无语枕凭欹。"好梦醒来，只见晓月初坠，夜云散淡，这是室外的景致，点明了时间是将明未明之际。由于天色渐亮，月轮渐沉，故称"坠"。"宿云"（昨夜所见之云）变得越来越薄，越来越淡，所以说"微"。"晓月"是高远清明之景，用"坠"字挽之；"宿云"是朦胧昏暗之景，以"微"改之，象征词中人阴晴不定、反复难平的内心起伏。因此主人公才斜倚枕上，无语独思量。

下面两句镜头转到室内，为虚景。"梦回芳草思依依，天远雁声稀。"转进一层，揭示主题。"芳草思依依"倒装，即"依依思芳草"。《楚辞·招隐士》有"王孙游兮不归，春草生兮萋萋"的句子，后人遂将萋萋芳草作为抒发离情的典型景物。如白居易《赋得古原草送别》："远芳侵古道，晴翠接荒城。又送王孙去，萋萋满别情。""依依"又是诗词中最美的叠字形容词，通常用来形容柳条、别情，这里形容"思"，指的就是依恋难舍的别情。"天远雁声稀"，"天远"路长行人寥寥，雁声过处佳人"无语凝噎"。从画面效果说，有着远与近、有声与无声的对比，写出了梦回的失落与惆怅。

下片写残梦依稀的心境："啼莺散，余花乱，寂寞画堂深院。"这是自然景色，进一步指明时间是暮春时节。词中人的踪迹视野从寝室移到画堂和庭院，"散"，犹消失，百啭黄鸟，已然纷飞辞树；枝头残留的花朵也已经纷纷飘零，铺满庭院。此种景色无疑提示了一个蓬勃灿烂的春天的无情逝去。对于独处空闺之人，更添了芳华虚度的焦虑。所以下文直言"寂寞"！如果说"散"字和"乱"字隐约地说出了其心情的凌乱不堪，这里则"夫子自道"，明确了其生命状态的不完满及其原因。居处的富丽堂皇与内心的寂寥落寞形成鲜明对比。

末二句则抒写主人公的希望："片红休扫尽从伊，留待舞人归。"

所谓"泪眼问花花不语，乱红飞过秋千去"，"休扫"，是扫不胜扫，是花落人去两不知，是无可挽回的幽怨和失望。词的末句是

"留待舞人归",前人多以"舞人"为"舞女",并由此判定词作为男子口吻,但确实与全词声气扞格难合,若男子思妇作"啼莺散,余花乱,寂寞画堂深院"语,着实有"雌了男儿"之嫌。《周礼·地官·舞师》云:"舞师,掌教兵舞,帅而舞山川之祭祀;教帗舞,帅而舞社稷之祭祀;教羽舞,帅而舞四方之祭祀;教皇舞,帅而舞旱暵之事。凡野舞,则皆教之。凡小祭祀,则不兴舞。"《左传·襄公十年》:"舞师题以旌夏。"所以,"舞人"即"舞师",即职掌仪礼中的舞蹈的古官名。李煜本身对音乐舞蹈这方面的人事非常熟稔,以此借称女子所欢很自然。

这一句和"梦回"句互相呼应,是所谓的"梦中思,日中想",词情以思念与期待结,留无尽遐想余地,忧怜之心,只恐是"寂寞梧桐深院锁清秋",待到雁归人未归时,情何以堪!

[集评]

俞陛云《唐五代两宋词选释》:此二词[指此首及《采桑子》(亭前春逐红英尽)],殆亦失国后所作。春晚花飞,宫人零落,芳讯则但祈入梦,落红则留待归人,皆描写无聊之思。《采桑子》词之眉头不放暂开,殆受归朝后禁令之严,微有怨词耶?

相见欢

林花谢①了春红②,太匆匆!无奈朝来寒雨晚来风。
胭脂泪③,留人醉④,几时重⑤?自是⑥人生长恨水长东。

[题解]

《相见欢》一名《乌夜啼》、《秋夜月》、《上西楼》。唐教坊曲名。这首词,沉哀彻骨,一般皆认作是李后主被俘至汴京,过着囚徒般生活时的作品。表面看来为即景抒情之作,借林花横遭风雨摧残匆匆而谢,喻流光易逝、韶华难再的人生苦楚,但内容悲慨博大,深美闳约,不止于伤春、伤别而已。

[注释]

①林花：春林红花，言春花之繁盛。俞平伯谓：唐杜甫《曲江对雨》诗："林花着雨胭脂湿。"本词似从杜句脱化而来。谢：消失；凋谢。南朝梁沈约《与约法师书》："其事未远，其人已谢。"北魏郦道元《水经注·洛水》："猱徒丧其捷巧，鼯族谢其轻工。"唐元稹《有鸟》诗之十三："妖姬谢宠辞金屋，雕笼又伴新人宿。"②春红：春天的花朵。唐李白《怨歌行》："十五入汉宫，花颜笑春红。"宋苏轼《眉子石砚歌赠胡闻》："小窗虚幌相妩媚，令君晓梦生春红。"也可特指落花。五代和凝《天仙子》词："洞口春红飞簌簌，仙子含愁眉黛绿。"清丘逢甲《梦中》诗："十二阑干摇海绿，八千子弟化春红。"③胭脂泪：一指女子的眼泪。女子脸上搽有胭脂，泪水流经脸颊时沾上胭脂的红色，故云。亦指雨中落花，一片红湿。④留人醉：一作"相留醉"。⑤重：重现，重逢。⑥自是：自然是；原来是。唐杜甫《古柏行》诗："扶持自是神明力，正直原因造化功。"唐李商隐《咸阳》诗："自是当时天帝醉，不关秦地有山河。"宋陆游《读近人诗》诗："琢雕自是文章病，奇险尤伤气骨多。"

[评析]

上片写景，以春花被风雨摧折、匆匆萎谢来象喻美好事物的容易毁灭。

"林花谢了春红"句是对花谢春残的眼前景物的客观摹写，语似闲淡，实显沉痛。"谢了"是完成式词句，是无可挽回的事实。"春红"，既可以是花的修辞，又可以是人的借喻，是一切美好事物的象征。"太匆匆"，紧承上句，是正面议论，一个"太"字，道出了作者对美好春天的逝去之悲哀与不舍。这种口语化的表述得直抒胸臆之透彻。所谓繁华如梦，沧海桑田亦只是一瞬而已！

"无奈朝来寒雨晚来风"，这一句续足前意，交代林花匆匆而谢的原因。匆匆凋零，不是它的自然寿命原本短暂，而是外力摧残的结果。"朝来"和"晚来"，则是时间的概念，叠字重复，极写轮番的无情风雨，突出了大自然生命规律的残酷无情。朝雨晚风既是自然界的现象,又是社会人生中的风风雨雨。"无奈"二字,使人见出作者对美好的事物遭到风雨暴力摧残的哀痛心情,有心护花的悲悯之心,但这种"无力回天"的自我界定也再次见证了词人天性中的懦弱,以及因此而产生的深深的挫折感。赵佶《燕山亭》咏杏花说:"易得凋零,更多少无情风雨。"与这句意近,异代同情,可以互看。

这三句溯其经过因由,一句一转折。花开花谢,朝朝暮暮,风风雨雨,是大自然的现象,同时令人联想到人世间诸般风雨凋残之事,包蕴深广,涵盖古今。

下片头三句:"胭脂泪,留人醉,几时重?"由花事而及人事。"胭脂"上接"春红"。"胭脂泪",美人的眼泪。美人面颊涂抹胭脂,眼泪流过面颊而染上胭脂,便成了"胭脂泪"。而红花乱落,又恰如美人泪湿红颊。这是将花拟人,将人比花,所谓人面花容交相映,造成语意双关的朦胧之美。"留人醉",既可理解成是美人含着惜别的眼泪相留再尽一醉,也可理解成是花儿"长条故惹行客,似牵衣待话,别情无极",值此残春暮景,不醉何待?!"几时重?""重"字,从表层看,当然可作为美人"今宵离别后,何日君再来"的留恋之辞来解,但若以"昨日重现"解似更为深切。花落不会再返回枝头,就如同人的生命时光、青春年华也不可能从头再来,这是人人皆知的道理,却为何还要多此一问?"皆言作者痴,谁识其中味?"一声长恸叹平生,其中有多少心有不甘,有多少不舍难离!

"自是人生长恨水长东。"似乎是对上一句的回答,而又跳脱开落花、美人的比拟附会,将词旨升华为对于历史与人生之普遍性的感慨。不论春秋冬夏如何变迁,终"不废江河万古流","水长东"三字以时空的广阔、宇宙的永恒反衬出个体生命的短促与虚无。而这"匆匆"的光阴又被如同江河之水一样无穷的愁恨所充溢。

一方面，这种二律背反的表述将他所感受的人生之苦写到了极致。另一方面，"自是"二字已然包含佛说"人生一切苦"的大彻大悟，"长恨"、"长东"，叠字衔联，人之长恨，犹如水之长东。万古如斯，无可解脱！

[集评]

清谭献《谭评词辨》卷二：前半阕濡染大笔。

清陈廷焯《词则·大雅集》卷一：后主词凄婉出飞卿之右，而骚意不及。

王国维《人间词话》：词至李后主而眼界始大，感慨遂深，变伶工之词而为士大夫之词。周介存置诸温韦之下，可谓颠倒黑白矣。"自是人生长恨水长东"、"流水落花春去也，天上人间"，《金荃》、《浣花》，能有此气象耶？

俞陛云《唐五代两宋词选释》：后主为樊若水所卖，举国与人。词借伤春为喻，恨风雨之摧花，犹逆臣之误国，迨魁柄一失，如水之东流，安能挽沧海尾闾，复鼓回澜之力耶！

俞平伯《读词偶得》：调亦作《乌夜啼》，以后主词中另有《乌夜啼》，同名异实，故今题作《相见欢》。调凡五韵，上三下二，其转折处同，此调五段若一气读下，便如直头布袋，煮鹤焚琴矣。必须每韵作一小顿挫，则调情得而词情即见。词之至佳者，两者辄融会不分，此固余之前说也，得此而愈明。此词全用杜诗"林花着雨胭脂湿"，却分作两片，可悟点化成句之法。上片只三韵耳，而一韵一折，犹书家所谓"无垂不缩"，特后主气度雄肆，虽骨子里笔笔在转换，而行之以浑然元气。谭献曰："濡染大笔。"殆谓此也。首叙，次断，三句溯其经过因由，花开花谢，朝朝暮暮，风风雨雨，片片丝丝，包孕甚广。试以散文译之，非恰好三小段而何？下片三短句一气读。忽入人事，似与上片断了脉络。细按之，不然，盖"春红"二字已远为"胭脂"作根，而匆匆风雨，又处处关合"泪"字。春红着雨，非胭脂泪欤，心理学者所谓联想也。结句转为重大之笔，与"一江春水"意同，因此特沉着，后主之词，兼有阳刚阴柔之美。

刘永济《唐五代两宋词简析》：上半阕表面似惜花，实乃自悲如林花已谢，且谢得"太匆匆"，而朝雨、晚风尚摧残之不已，故曰"无奈"。下半阕因念，今日虽欲求如临别时泪眼留醉亦不得矣，何况重返故国，故曰"人生长恨"如

"水长东"。

唐圭璋《唐宋词简释》：此首伤别，从惜花写起。"太匆匆"三字，极传惊叹之神，"无奈"句，又转怨恨之情，说出林花所以速谢之故，朝是雨打，晚是风吹，花何以堪，人何以堪。说花即以说人，语固双关也。"无奈"二字，且见无力护花，无计回天之意。一片珍惜怜爱之情，跃然纸上。下片，明点人事，以花落之易，触及人别离之易。花不得重上故枝，人亦不易重逢也。"几时重"三字轻顿；"自是"句重落。以水之必然长东，喻人之必然长恨，语最深刻。"自是"二字，尤能揭出人生苦闷之义蕴，与"此外不堪行"，"肠断更无疑"诸语，皆重笔收来，沉哀入骨。

唐圭璋《屈原与李后主》：以水必然长东，以喻人之必然长恨，沉痛已极。

一斛珠

晓妆初过，沉檀①轻注②些儿个③。向人微露丁香颗④。一曲清歌⑤，暂引⑥樱桃⑦破。

罗袖裛残殷色可⑧，杯深旋被香醪涴⑨。绣床斜凭娇无那⑩。烂嚼红茸⑪，笑向檀郎唾⑫。

[题解]

《一斛珠》乃唐教坊曲名，唐曹邺《梅妃传》记载明皇既宠杨贵妃，遂疏梅妃，"上（唐明皇李隆基）在花萼楼，会夷使至，命封珍珠一斛，密赐妃。妃不受，以诗付使者：'为我进御前也，曰："柳叶双眉久不描，残妆和泪湿红绡。长门自是无梳洗，何必珍珠慰寂寥。"'上览诗，怅然不乐，令乐府以新声度之，号一斛珠，曲名始此也"。到了宋代始引入词调，晏殊易名为《醉落魄》，张先改为《醉东风》，黄庭坚改为《醉落拓》。双调，共五十七字。

这首词《御览历代诗余》调下有题云"咏美人口"，《古今诗余醉》、《古今词统》调下有题"咏佳人口"，《清绮轩词选》调下有题"美人口"，不是作者的原题，而是选本的编者根据词意而加的小注。全词数层，皆围绕"佳人口"落笔。

[注释]

①沉檀：沉香和檀香。沉香，一种香木，其树脂黑色芳香，凝成块后入水能沉，因此得名。古时常调和成汁以供熏染去秽之用。檀香，也是一种香木，又名旃檀。质地坚硬，可制成香料。这里指用它们制成的女性妆饰用的颜料。沉，色深而润。檀，浅绛色。唐宋时妇女闺妆多用于眉端或唇上。后蜀阎选《虞美人》词："臂留檀印齿痕香。"②轻注：轻轻涂抹。③些儿个：方言，即"些子儿"。个，语尾助词。相当于今天所说的"少许、一点点"。④丁香颗：即丁香的花蕾。此处作者用以形容这位歌女舌尖微露唇间的情态。丁香，常绿乔木，又名"鸡舌香"，因其种仁被两片状如鸡舌的子叶所包而得名。为丁子香简称。汉代郎官奏事，口含鸡舌香，奏事对答，气味芬芳。唐宋时妇女也常嘴唇含它以香口。⑤清歌：清亮的歌声。南朝宋谢灵运《拟魏太子邺中集诗·魏太子》："急弦动飞听，清歌拂梁尘。"⑥引：引得，使得。⑦樱桃：落叶乔木，果实多为红色，味甜或带酸。古代诗文中常用以形容女性红润的嘴。唐白居易《本事诗》："樱桃樊亲口，杨柳小蛮腰。"唐李商隐《赠歌妓》诗："红绽樱桃含白雪，断肠声里唱《阳关》。"清纳兰容若《蝶恋花》词："樱桃暗解丁香结。"⑧罗袖：丝绸衣袖，红红的罗袖沾上几点残酒更加鲜艳动人。裛（yì）：通"浥"，沾湿。唐王维《送元二使安西》诗："渭城朝雨浥轻尘，客舍青青柳色新。"殷色：深红色。可：尚可，此处是还无所谓、还不算什么的意思。⑨杯：代指酒。"杯深"意为酒喝多了。旋：顷刻、不久，随即之意。香醪：一种汁滓混合的醇酒，味甜。浣：污染。唐杜甫《虢国夫人》诗："却嫌脂粉浣颜色，淡扫蛾眉朝至尊。"⑩绣床：妇女将较大绣件绷在架子上，俗称"绷子"，古言"绣床"，人坐于前，约齐胸。斜凭：斜靠。无那：犹言非常，无限。金董解元《西厢记诸宫调》卷三："对郎羞懒无那，靠人先要偎摩。"⑪红茸：指刺绣用的红色丝缕。茸，通"绒"。⑫檀郎：晋潘安容仪秀美，因他的小字叫檀奴，后因以"檀郎"为妇女对夫婿或所爱的男子的美称。唐李商隐诗："今宵歌管属檀郎。"唐温庭筠《苏小小歌》："一自檀郎逐便风，门前春水年年绿。"宋康与之《采桑子》词："笑语檀郎，今夜纱厨枕簟凉。"唾：吐，啐。

[评析]

描写歌女的日常生活,是花间词常见的主题。所谓"绮筵公子,绣幌佳人,递叶叶之花笺,文抽丽锦;举纤纤之玉指,拍按香檀。不无清绝之辞,用助娇娆之态"(欧阳炯《花间集序》),正是指的这种歌舞欢宴的生活情形。

这首词尽管只是写"美人口"而已,但从梳妆后的吃香茶、唱歌时露舌尖、喝酒时擦嘴角至嚼红茸吐檀郎,仅是扣着这一个"口"字写来,却不僵不死,写出了歌女的动作特点和心理状态,富有一种戏剧性,甚有情趣。

上片一开始就写女子晨起梳妆,轻点唇红。《玉楼春》所写"晚妆初了明肌雪,春殿嫔娥鱼贯列"是群像描写,这是一个人的特写镜头。

首句"晓妆初过",一日之中,从时间讲,人最精神焕发的时候莫过于晨起晓妆过后。描眉画眼,整衣拢发,一切安排妥当,还要再"沉檀轻注些儿个"。《花间集》顾宜词《应天长》云:"背人匀檀注。"《虞美人》云:"浅眉微敛注檀轻。"写的都是五代时贵族妇女的点唇习惯。"些儿个",稍稍涂抹一点儿,不是浓妆艳抹的意思,而是"却嫌脂粉涴颜色"的意思,说明女子的天生丽质和良好的审美趣味。宋人作词,如李清照、辛弃疾,为了丰富词的语汇,喜用方言口语,扩展了词的语言表现手段。李煜为了便于文化水平较低的歌妓演唱,也好用口语、方言。如《浣溪沙》词中的"酒恶"。

"向人微露丁香颗",口中微露丁香,表示香而媚。如欧阳修词《惜芳时》"丁香嚼碎偎人睡",这是说女子吐气如兰,借香气来写人之形神之美。

上片结二句"一曲清歌,暂引樱桃破"转写歌唱。在诗人默默观察的过程中,这里已有了时间的推移和场面的转换。想来古代美人是不轻易露齿的，所以这里说当她唱一曲清歌时，才使她的樱桃小口暂时张开来，恰像熟透的樱桃突然破裂。从晓妆到歌唱，此词所呈现的审美感受始终集中在这一女子的口上。

下片从时间上承接上片，但场景已发生了变化。写宴罢舞歌后的情景，形容、情态、声音、笑貌和那喜剧性的动作。

"罗袖裛残殷色可，杯深旋被香醪涴"，过片的一、二句写饮酒的情态，初举酒杯，她似略感羞涩，用罗袖掩口，稍稍沾湿了一点也没什么，但等到喝醉了，杯盘狼藉，衣服才真的被酒弄脏了，正是所谓"人生得意须尽欢，莫使金樽空对月"，这是写欢饮沉醉之状。

下面三句，纯用白描手法。"绣床斜凭娇无那"一句写出了美人的神情和心理活动。佳人不胜酒力，娇滴滴地斜靠在绣床上。娇无那，即奈何不得的一片娇气。"烂嚼红茸，笑向檀郎唾"是对"娇"的补充和发挥。咀嚼碎了束发用或织物用的红绒线，向"檀郎"戏唾。颇似"伴弄红丝蝇拂子，打檀郎"（和凝《山花子》）之类平民化的调情亲昵。这种恃宠撒娇，活泼妩媚，充满了青春活力的女性形象，确非花间词中常见的那些忧郁纤弱的女性可比。

欧阳修《渔家傲》中有"罗袖挹残心不稳，羞人间，归来剩把胭脂衬"一类描写，很可能就是从后主词中脱胎换骨而来的。

[集评]

明沈际飞《草堂诗余别集》卷二：后主、炀帝辈，除却天子不为，使之作文士荡子，前无古，后无今。

明卓人月《古今词统》卷八：徐士俊云：天何不使后主现文士身而必予以天子位，不配才，殊为恨恨。

明潘游龙《古今诗余醉》卷一二：描画精细，绝是一篇好小题文字。

清李渔《窥词管见》：李后主《一斛珠》之结句云："绣床斜凭娇无那。烂嚼红茸，笑向檀郎唾。"此词亦为人所竞赏。予曰：此娼妇倚门腔，梨园献丑态也。……不料填词之家，竟以此事谤美人。而后之读词者，又只重情趣，不问妍媸,复相传为韵事,谬乎不谬乎。无论情节难堪,即就字句文浅者论之,烂嚼打人诸腔口,几于俗杀,岂雅人词内所宜。

清贺裳《皱水轩词筌》:词家多翻诗意入词,虽名家不免。吾常爱李后主《一斛珠》末句云:"绣床斜凭娇无那。烂嚼红茸,笑向檀郎唾。"杨孟载《春绣》绝句云:"闲情正在停针处,笑嚼红茸唾碧窗。"此却翻词入诗,弥子瑕竟效颦于南子。

清李佳《左庵词话》卷下:李后主词"烂嚼红茸,笑向檀郎唾"。李易安词"倚门回首,却把青梅嗅"。汪肇麟词"待他重与画眉时,细数郎轻薄"。皆酷肖小儿女情态。

清陈廷焯《词则·闲情集》卷一:风流秀曼,失人君之度矣。又《云韶集》卷一:画所不到,风流秀曼,失人君之度矣。

俞陛云《唐五代两宋词选释》:虽绮靡之音,而上阕"破"字韵颇新颖。下阕"绣床"三句自是俊语。杨孟载袭用之,有《春绣》绝句云:"闲情正在停针处,笑嚼红茸唾碧窗",翻用前人词语入诗,虽能手不免。

唐圭璋《李后主评传》:这首词写人的妆饰,写人的服色,写人的狂醉,写人的娇态,并写得妖冶之至。又《唐宋词简释》:此首咏佳人口。起两句,写佳人口注沉檀。"向人"三句,写佳人口引清歌。换头,写佳人口饮香醪。末三句,写佳人口唾红茸。通首自佳人之颜色服饰,以及声音笑貌,无不描画精细,如见所闻。

龙榆生《南唐二主词叙论》:后主在位十五年,保境安民,颇有小康之象。因得寄情声乐,荡佚不羁。《诗话类编》云:后主尝微行娼家,乘醉大书石壁曰:"浅斟低唱,偎红倚翠太师,鸳鸯寺主,传风流教法。"此时宁复知世间有苦恼事?故在前期作品,类极风流蕴藉,堂皇富艳之观,描写美人娇憨情态者,如《一斛珠》……温馨艳丽,荡人心魄;又好用代词,如"丁香","樱桃"之类,颇受温庭筠影响。

渔　父

浪花有意千重雪[①],桃李无言[②]一队春[③]。

一壶酒，一竿身④，世上⑤如侬⑥有几人？

［题解］

《渔父》：唐玄真子张志和制《渔父》（又名《渔歌子》）五阕。其一云："西塞山前白鹭飞，桃花流水鳜鱼肥。青箬笠，绿蓑衣，斜风细雨不须归。"风流千古。其时柳宗元、颜真卿等均有和章。宋苏轼以其成句用入《鹧鸪天》、《浣溪沙》词中。宋黄庭坚称张志和《渔父》"有远韵"。宋阮阅《诗话总龟》前集卷二曰："予尝于富商高氏家观贤（指南唐卫贤）画《盘车水磨图》及故大丞相文懿张公（指仁宗朝宰相张士逊）第有《春江钓叟图》。上有南唐李煜金索书（一种书体）《渔父词》二首，其一曰：'浪花有意千重雪。'其二曰：'一棹春风一叶舟。'"宋刘道醇《五代名画补遗》："卫贤，长安人，仕南唐为内供奉。……长于楼观殿宇，盘车水磨，于时见称。"此《渔父》二阕，《翰府名谈》、《花草粹编》、《全唐诗》、《历代诗余》等均作后主作。

从词意看，当是后主前期的作品。《南唐书·后主纪》："文献太子恶其有奇表，后主避祸，惟覃思经籍。"其中遁世之词或者是为情势所迫的避祸之言。

［注释］

①千重雪：形容层层叠叠的白色浪花。此句一作"闽苑有情千里雪"。宋苏轼《念奴娇》词："乱石穿空，惊涛拍岸，卷起千堆雪。"即由本词句脱化而来。②桃李无言：《史记·李将军列传》引时谚曰："桃李不言，下自成蹊。"意思是桃李树不需人夸或自赞，以其花美艳，其实甘美，众人争赴之，树下自然走出一条路来。比喻只要诚心实意，自然能感动他人。这里指桃李默默开花。③一队春：指桃李花开，由近而远，似队列有序地排列着，言春色秾丽。一队，一排，分列成行。④一竿身：一根钓竿。另本作"一竿纶"亦通。"纶"是钓鱼的粗线。⑤世上：一作"快活"。⑥侬：我。

［评析］

这是一首题画之词，咏调名本意。

开首以两个七言句式写出画境："浪花有意千重雪，桃李无言一队春。"春江涨潮，浪花千重如雪，两岸桃红李白，一派绚丽的景色似列队而来，勾勒出一个明畅而绚丽的意境。而浪花之"有意"，桃李之"列队"，则是词人面对图画而产生的遐想，是拟人化的写法。并且以谚语"桃李无言"对"浪花有意",佳偶天成,写景逼真。

两个三字句"一壶酒,一竿身",由景及人,写画中之垂钓者。"一竿身"说明渔父的职业和身份。"一壶酒"则写出了几分渔父的内心世界与精神境界。

所谓"孤舟蓑笠翁,独钓寒江雪"中重复的"孤"字和"独"字,与此处重复的两个"一"字用法近似,强调的是遗世而独立、无滞无碍的人生姿态。

末一句"世上如侬有几人"表面看来是"渔父"自述:在尘世间,像我这样快活的人,有几个呢?从现实的角度说,渔父的劳苦岂是金玉锦绣丛中的词人所能了解的?在词人眼中,这一渔父的风波之险成了冲波逐浪的快意,四时艰辛只剩下了桃李芳菲。

实际上,我们知道,以"渔隐"来表达某种孤高自诩的傲世情怀也是中国文化中的固有传统。"渔隐"这一形象的象征性在于其身在功名利禄之外,也指身在残酷的倾轧斗争之外。后主天性敦厚单纯,不幸生在皇室,一生都被迫处于权力的旋涡之中,他眼见身历家族亲人之间的谗嫉仇杀,心惊胆寒之余也无力改变什么。所以这一句其实是其艳羡之意的真心流露,其中感慨深沉,也自然点出了那个几多不自由、不自在的"我"来。

这首小词,曲调自然,颇具民歌情致。

渔 父

一棹①春风一叶舟,一纶②茧缕③一轻钩。
花满渚④,酒满瓯⑤,万顷⑥波中得自由。

[题解]

这首与前一首同为一幅《春江钓叟图》上的题画词。它是上首的延续和补充，与前一首紧相连接，在谋篇布局上也大体相同，以使前后照应，两相吻合。同样采用直抒胸臆的手法，不加任何雕饰，直写观感。既是对画卷的贴切品题，又颇能借他人之酒，浇自家胸中块垒，非泛泛题画之作。

[注释]

①棹：划船的船桨。短的叫楫，长的叫棹。《楚辞·九歌·湘君》："桂棹兮兰枻，斲冰兮积雪。"东汉曹操《船战令》："雷鼓一通，吏士皆严……整持橹棹，战士各持兵器就船。"唐李咸用《和人湘中作》："一棹寒波思范蠡，满尊醇酒忆陶唐。"宋陆游《泛舟》诗："水乡元不减吴松，短棹沿洄野兴浓。"《西游记》第四十三回："那呆子扶着唐僧，那梢公撑开船，举棹冲流，一直而去。"②纶：钓鱼用的粗丝线，丝十为纶，纶十为缪。《史记·老子韩非列传》："走者可以为罔，游者可以为纶，飞者可以为矰。"南朝梁刘勰《文心雕龙·情采》："固知翠纶桂饵，反所以失鱼。"唐张祜《寄灵澈上人》诗："应笑无成者，沧洲垂一纶。"清张惠言《倦寻芳》词："乱柳阴中摇艇去，碎苹香里收纶返。"③茧缕：丝线。茧，茧丝。这里以"茧"代"丝"。④渚：小洲；水中的小块陆地。《诗·召南·江有汜》："江有渚。"毛传："渚，小洲也。"《淮南子·墬形训》："东方曰大渚。"高诱注："水中可居者曰渚。"⑤瓯（ōu）：古代茶酒饮器，一种平底深盂或碗。⑥顷：土地面积单位之一，百亩为顷。《管子·揆度》："百乘为耕田万顷，为户万户，为开口十万人，为当分者万人，为轻车百乘，为马四百匹。"《汉书·杨恽传》："田彼南山，芜秽不治，种一顷豆，落而为萁。"颜师古注引张晏曰："一顷百亩，以喻百官。"唐杜甫《杜鹃》诗："有竹一顷余，乔木上参天。"《儒林外史》第一回："须臾，东方月上；照耀得如同万顷玻璃一般。"又，十二亩半为顷。

[评析]

首二句是排句。仍以白描手法写在秀美的江南春色中，渔父的快活自由。作者用了四个重叠的数词"一"，和三个形象的量词。"一棹春风一叶舟"，"春风"原本看不见，摸不着，"一棹"是说那渔父举棹轻轻地划过绿波，那柔柔的触感恰如春风拂面。同时也写出了渔父轻松自在的感觉。"舟"以"一叶"来形容甚好。在宏阔渺远的时空中，作为个体的小我的存在是何等的短促，尘世中的一切一切又何须执著？那无穷无尽的纠缠争斗又是何等的无谓、可笑而悲哀！后世苏轼的《赤壁赋》有云："驾一叶之扁舟，举匏尊以相属；寄蜉蝣于天地，渺沧海之一粟。"或即从此演化而来。

第二句是前一句的补充，描写具体而细致的局部景色，是实写，与上句的含蓄无穷的虚写相映成趣。

过片两个三字句仍是排句，不是联对。重复"满"字，强调此种生活状态的完美无缺憾。从修辞上看，不假雕饰，自然流动，颇有民歌小调的趣味。"花满渚"，是眼前所见，江中小洲开满春花，与上阕首句呼应。"酒满瓯"，是诗人想象，船中渔父斟满大碗美酒，可能还就着刚钓上来的鱼鲜，要美美地品味一番。这又是一实一虚的描写。

末句"万顷波中得自由"是作者对渔父的赞叹。如果说前首末句"世上如侬有几人"，还以渔父之口曲折表达李煜的心声，这里词人抑制不住内心的感慨，脱口而出的是自己无比的羡慕之情。在天与水之间，一叶扁舟之上的渔父似乎独立万物之外，摆脱了红尘俗世的无穷纷扰，那种自由是"囚"于深宫内院的李煜可望而不可即的。结尾有无限向往之意，余音袅袅。

有人以为前一首写快活，这一首写自由，恐不妥。在李煜眼中这两者何能分开？不自由，何来快活？

有意思的是，这两首短短的《渔父》词中，上一首有三个"一"字，这一首有四个"一"字。据说欧阳修晚年自号六一居士，是因为他家藏书一万卷，集录金石遗文一千卷，有琴一张，有棋一局，置酒一壶，加上他一个老翁，所以自号六一，表其逍遥之意。

同样，以七个"一"字塑造的渔父形象遗世而独立，李煜以此描述了他所认为的快乐的真境，也说出了前期富贵繁华中的不快乐的原因。

[集评]

宋俞成《萤雪丛说》卷上：杜诗："丹霞一缕轻。"李后主《渔父》词："茧缕一钩轻。"（按：与原句不符）胡少汲诗："隋堤烟雨一帆轻。"至若骚人于渔父则曰："一蓑烟雨。"于农夫则曰："一犁春雨。"于舟子则曰："一篙春水。"皆曲尽形容之妙也。

王国维《南唐二主词》：右二阕见《全唐诗》、《历代诗余》，笔意凡近，疑非李后主作也。

彭文勤《五代史》注引《翰府名谈》：张文懿家有《春江钓叟图》，卫贤画，上有李后主《渔父词》二首云云，此即《全唐诗》、《历代诗余》之所本。但字句小有不同，兹从《五代史》注引改正。

虞美人

春花秋月①何时了②，往事知多少。小楼③昨夜又东风④，故国⑤不堪⑥回首⑦月明中。

雕栏玉砌⑧应犹在⑨，只是朱颜改⑩。问君⑪能有⑫几多⑬愁，恰似⑭一江春水向东流。

[题解]

《虞美人》：唐玄宗时教坊曲名。又名《玉壶冰》、《一江春水》等。《乐府诗集》卷五八《琴曲歌词·力拔山操》序："按《琴集》有《力拔山操》，项羽所作也。今世又有《虞美人》曲，亦出于此。"可见词调源于古琴曲。"虞"即指项羽所宠爱的虞姬。曲名源自此处，暗含"霸王别姬"这一典故，同时也限定了该曲抒发别情、宛转凄凉的基调。明吴讷《百家词》旧抄本《南唐二主词》、词苑英华本《尊前集》作《虞美人影》。宋泽元校本《草堂诗余》、《啸余谱》、《古今诗余醉》调下有题"感旧"。常见的有两种格式：一种是五十六字的，上下片各有两处仄韵、两处平韵；一种是五十八字的，上下片各有两处仄韵，三处平韵。本词采用的是第一种格式。

此词作于宋太宗太平兴国三年（978）李煜死前的春天，一般认为，这是李煜的绝命词。

据陆游《避暑漫钞》载："李煜归朝后，郁郁不乐，见于词语，在赐第，七夕命故妓作乐，闻于外。又传'小楼昨夜又东风'及'一江春水向东流'之句，并坐之，遂被祸。"《历代诗余·词话》引《乐府纪闻》曰："后主归宋后，与故宫人书云：'此中日夕只以眼泪洗面。'每怀故国，词调愈工。……其赋《虞美人》有云：'问君能有几多愁，恰似一江春水向东流。'旧臣闻之，有泣下者。七夕，在赐第作乐。太宗闻之，怒。更得其词，故有赐牵机药之事。"从李煜被俘入宋，到被毒死，历时仅两年零七个月。但国破家亡的痛苦，阶下之囚的屈辱，却使他前后期的词风发生了巨大的变化。这首词以怕见春花秋月，怕回忆起在故国的美好生活，委婉曲折地表达了深藏于心的故国之思和亡国之痛，凄恻动人。

[注释]

①春花秋月：春天的花，秋天的月。指春秋佳景或泛指美好的时光。唐白居易《琵琶行》："春江花朝秋月夜，往往取酒还独倾。"《醒世恒言·勘皮靴单证二郎神》："若是氏儿前程远大，将来嫁得一个良人，一似尊神模样，偕老百年，也不辜负了春花秋月。"又以指代岁序的更迭。元高明《琵琶记·牛小姐愁配》："非干是你参意坚，怕春花秋月，误你芳年。"清孙德祖《〈小螺盦病榻忆语〉题词·哭舍妹》："春花秋月一年年，静锁红闺镇日闲。"春花，一作"春月"。秋月，一作秋叶。②何时了：什么时候完结。了，完毕，结束。汉王褒《僮约》："晨起早扫，食了洗涤。"《古今小说·任孝子烈性为神》："周得官事已了……径来相望。"③小楼：一作"小园"。④东风：指春风。因司春之神位居东方，名东君，所以有此称呼。《礼记·月令》："（孟春之月）东风解冻，蛰虫始振，鱼上冰。"唐李白《春日独酌》诗之一："东风扇淑气，水木荣春晖。"唐韩翃《寒食》诗："春城无处不飞花，寒食东风御柳斜。"《红楼梦》第五十回："桃未芳菲杏未红，冲寒先已笑东风。"刘大白《湖滨晚眺》诗："微波吐露东风语：明日是清明，青山分外清。"⑤故国：已

经灭亡的国家；前代王朝。宋苏轼《念奴娇·赤壁怀古》词："故国神游，多情应笑我，早生华发。"况周颐《蕙风词话》卷三："（南宋遗民词）多凄恻伤感，不忘故国。"这里指南唐。⑥不堪：不忍心。李璟《浣溪沙》词："还与容光共憔悴，不堪看！"《秦并六国平话》卷中："杀得六宫如算子，丫叉尸首不堪闻。"清平步青《霞外攟屑·诗话二·汪容甫》："《题机声灯影图》之二云……字字血泪，使人不堪卒读。"⑦回首：回想，回忆。唐杜甫《将赴荆南寄别李剑州》诗："戎马相逢更何日，春风回首仲宣楼。"清钱之青《归里后亲朋枉过有作》诗："回首出门初，变迁几八九。"⑧雕栏：亦作"雕阑"。雕花彩饰的栏杆；华美的栏杆。宋苏轼《法惠寺横翠阁》诗："雕栏能得几时好？不独凭栏人易老！"清陈维崧《探春令·咏窗外杏花》词："崇仁宅靠善和坊，旧雕栏都坏。"玉砌：用玉石砌的台阶，亦用为台阶的美称。汉刘桢《鲁都赋》："金陛玉砌，玄柜云柯。"《文选·王融〈三月三日曲水诗序〉》："镜之虹于绮疏，浸兰泉于玉砌。"李周翰注："玉者，美言之也；砌，阶也。"清蒲松龄《聊斋志异·白于玉》："见檐外清水白沙，涓涓流溢；玉砌雕阑，殆疑桂阙。"此处泛指南唐的精美宫殿，李煜《浪淘沙》有句："想得玉楼瑶殿影，空照秦淮。""玉楼瑶殿"同此。⑨应犹在：一作"依然在"。⑩朱颜改：指健康而红润的脸色变得枯黄衰老，苍白憔悴。这里暗指亡国。⑪问君：以第三人称设问，其实是自问。⑫能有：另作"却有"、"还有"、"都有"。⑬几多：几许，多少。唐李商隐《代赠》诗之二："总把春山扫眉黛，不知供得几多愁！"《警世通言·范鳅儿双镜重圆》："兵火之际，东逃西躲，不知拆散了几多骨肉！"一作"许多"。⑭恰似：犹恰如。唐李白《襄阳歌》："遥看汉水鸭头绿，恰似葡萄初醱醅。"《秦并六国平话》卷上："今来攻秦不下，难以退兵。恰似骑着虎头，若不毙虎，虎有伤人之意。"另作"恰是"、"却似"。

[评析]

此词以痛不欲生的呼号"春花秋月何时了"起笔。春天的花，秋天的月，既是自然界最美的景物，也是记录与见证了词人昔日欢喜与今日之悲哀的典型事物。如今这些美好的事物带给他的只能是无尽的痛苦。花开花落，月圆月缺，永无休止，而词人生命中的一切美好的事物永远不会再重现了。相形之下，花月依旧，更见出人世的无常,而那春花与秋月也就显得无情而可厌。

李商隐诗云:"纵使有花兼有月,可堪无酒又无人。"冯浩笺:"无酒无人,反不如并花月而去之。"法国浪漫主义作家缪塞说:"最美丽的诗歌是最绝望的诗歌。"(《五月之夜》)因为绝望,所以决绝。作为囚徒的词人,在苟延残喘之中已然了无生趣,"何时了",这一问实是呐喊与祈盼。对于词人来说,"天长地久有时尽,此恨绵绵无绝期",若残生结束之日是悲痛了结之时,即是上天对他的慈悲。

"往事知多少"这一问又承上句而来,是极度痛苦中的反思。这个"往事"可以作索隐之谈,将之理解为南唐由建国到灭亡的历史,或"红锦地衣"、"佳人舞点"、"别殿遥闻箫鼓奏"的帝王旧事。当然不必指实的理解可能更好,往事对于每个人来说,其实多半是一种朦胧的整体印象,一种特殊的整体气息,但对于词人来说,这一切都已成云烟,"此情可待成追忆,只是当时已惘然",并且最为痛苦的是,所有对于过往的回忆只能带来更深的自责、憾恨与痛苦:"往事只堪哀。"(《浪淘沙》)这种痛苦的深刻性在于绝对的无可排遣。

"小楼昨夜又东风","东风"承接前句"春花"、"何时了"而来,"又"字点明了他在宋朝的屈辱生活又过了一年,时光的不断流逝引起他的无限感慨,强调在时间中的漫长煎熬。

"故国不堪回首月明中","月明中"承起句"春花秋月"之"月"而来,月色如霜,前尘如梦,是独立小楼风满袖,是无尽思虑在心头,而对于这位亡国之君,他最深的思虑应该是故土之思了。然而作为一国之君的多少荒唐罪错,今日反思起来,焉能无愧无悔?将宗庙社稷全然断送的自己纵然梦回故国,又有何颜面对河山百姓?"不堪回首"四字字字泣血。然而这种怀念又怎能遏制?

"雕栏玉砌应犹在,只是朱颜改。"这两句是揣想之辞。"应犹在"三字既说出了昔日的歌舞楼台令他无限缅怀,也说出他如对"春花秋月"一般的复杂情感。"只是"二字传出词人的无穷感慨。恨物华因无知而长存,叹人心因多感而早夭。曾经拥有过无限江山的"我"红润的容颜如今已变得苍老。"在"与"改"两个动词点出了物是人非,点出了沧海桑田。

"问君能有几多愁,恰似一江春水向东流。"末二句自问自答,素来备受称颂。一则以水言愁变抽象为具象;二则不仅以"一江"、"春"形容水的浩浩汤汤,比喻愁情的浓烈深邃,而且以"向东流"三字形容水势的汹涌奔腾的动态特征,借此强调了愁情的跌宕起伏、永无止息。比起杜甫的《哀江头》"人生有情泪沾臆,江水江花岂终极"和刘禹锡的《竹枝词》"花红易衰似郎意,水流无限似侬愁",在艺术感染力方面,可能更胜一筹。

全词悲情万斛,所谓"亡国之音哀以思",倾诉了一个失去生命中最美好的一切之后的灵魂,在自己可能预感到的人生尽头的哀痛。回看李煜前期耽溺逸乐之作,两者形成极大的反差。真正是"作个才人真绝代,可怜薄命作君王",从李煜的个性来说,无论是其前期对于喜乐,还是后期对于悲哀的极度沉溺,都在某种程度上表现了他的"才人"本质。

结句写愁,已是千古名句。这个比喻不仅写出愁苦像江水一样深沉,像江水一样长流不断,还写出愁苦像春天的江水一样不断上涨。真是把人生的愁苦写到了极致。

这首词娴熟地运用了对比手法。今日春景与昔日春景,昔日的皇帝与今日的囚徒,昔日的雕栏玉砌与今日的囚室小楼,无不形成强烈的对比,词人的无穷哀怨正是在这种对比中得到了自然的表达。

[集评]

宋龙衮《江南录》:李后主小周后随后主归朝,封郑国夫人,例随命妇人

宫。每一入辄数日而出，必大泣骂后主，声闻于外，多宛转避之。（引自王铚《默记》卷下）

宋王铚《默记》卷上：徐铉归朝，为左散骑常侍，迁给事中。太宗一日问：曾见李煜否？铉对以"臣安敢私见之"。上曰："卿第往，但言朕令卿往相见可矣。"……卒言："有旨不得与人接，岂可见也？"铉曰："我乃奉旨来见。"老卒往报。徐入，立庭下久之。老卒遂入取旧椅子相对。铉遥望见，谓卒曰："但正衙一椅足矣。"顷间，李主纱帽道服而出。铉方拜，而李主遽下阶引其手以上。铉告辞宾主之礼，主曰："今日岂有此理。"徐引椅少偏，乃敢坐。后主相持大哭。乃坐，默不言。忽长吁叹曰："当时悔杀了潘佑、李平。"铉既去，乃有旨再对。询后主何言，铉不敢隐。遂有秦王赐牵机药之事。牵机药者，服之前却数十回，头足相就如牵机状也。又后主在赐第，因七夕命故伎作乐，声闻于外。太宗闻之大怒。又传"小楼昨夜又东风"及"一江春水向东流"之句，并坐之，遂被祸云。

宋陆游《避暑漫钞》：李煜归朝后，郁郁不乐，见于词语，在赐第，七夕命故妓作乐，闻于外。又传"小楼昨夜又东风"及"一江春水向东流"之句，并坐之，遂被祸。

宋陈师道《后山诗话》：王斿，平甫之子，尝云，今语例袭陈言，但能转移尔。世称秦词"愁如海"为新奇，不知李国主已云"问君能有几多愁，恰似一江春水向东流"。但以"江"为"海"尔。

宋王楙《野客丛书》卷二〇：《后山诗话》载王平甫子斿谓秦少游"愁如海"之句，出于江南李后主"问君能有几多愁，恰似一江春水向东流"之意。仆谓李后主之意，又有所自。乐天诗曰："欲识愁多少，高于滟滪堆。"刘禹锡诗曰："蜀江春水拍山流，水流无限似侬愁。"得非祖此乎？则知好处前人皆已道过，后人但翻而用之耳。

宋罗大经《鹤林玉露》卷七：诗家有以山喻愁者。如少陵诗云："忧端如山来，濒洞不可掇。"赵嘏云："夕阳楼上山重叠，未抵春愁一倍多。"是也。有以水喻愁者，李颀云："请量东海水，看取浅深愁。"李后主云："问君能有几多愁，恰似一江春水向东流。"秦少游云："落红万点愁如海。"是也。贺方回云："试问闲愁都几许，一川烟草，满城风絮，梅子黄时雨。"盖以三者比愁之多也，尤为新奇。兼兴中有比，意味更长。

宋陈郁《藏一话腴》内编卷上：太白云："请君试问东流水，别意与之谁短长。"江南后主曰："问君能有几多愁，恰似一江春水向东流。"略加融点，已觉精彩。至寇莱公则谓："愁情不断如春水。"少游云："落红万点愁如海。"青出于蓝而胜于蓝矣。

宋俞文豹《吹剑录》：诗有一联一字唤起一篇精神。……李颀诗："请量东海水，看取浅深愁。"李后主词："问君能有几多愁，恰似一江春水向东流。"

明卓人月《古今词统》卷八：徐士俊云：只一"又"字，宋元以来抄者无数，终不厌烦。

明王世贞《弇州山人词评》："归来休放烛花红，待踏马蹄清夜月。"《玉楼春》致语也；"问君能有几多愁，却似一江春水向东流。"情语也。后主直是词手。

明陈霆《唐余记传》：煜以七夕日生。是日燕饮声伎，彻于禁中。太宗衔其有"故国不堪回首"之词，至是又愠其酣畅，乃命楚王元佐等携觞就其第而助之欢。酒阑，煜中牵机药毒而死。

明董其昌《评注便读草堂诗余》：山谷羡后主此词。荆公云："未若'细雨梦回鸡塞远，小楼吹彻玉笙寒'尤为高妙。"

清尤侗《延露词序》：诗何以"馀"哉？"小楼昨夜"，《哀江头》之馀也；"水殿风来"，《清平调》之馀也；"红藕香残"，《古别离》之馀也；"将军白发"，《从军行》之馀也；"今宵酒醒"，《子夜》、《懊侬》之馀也；"大江东去"，鼓角横吹之馀也，诗以"馀"亡，亦以"馀"存。

清沈雄《古今词话·词辨》上卷，李后主词："春花秋月何时了……"当以此阕为最。

清冯金伯《词苑萃编》卷二引《词洁》：王介甫问黄鲁直，李后主词何句最佳。鲁直举"问君能有几多愁，恰似一江春水向东流"。介甫以为未若"细雨梦回鸡塞远，小楼吹彻玉笙寒"。介甫之言是矣。顾以专论后主之词可耳，尚非词之至也。若总统诸家而求极致，于不食烟火；不落言诠，如女中之有国色，无事矜庄修饰，使当之者忽然自失，而未由仿佛其皎好，其惟太白"暝色入高楼，有人楼上愁"乎，惜乎今之才人，动而不静，往而不返，识此宗趣者

李煜词　111

盖寡。

清王士禛《花草蒙拾》：钟隐入汴后，"春花秋月"诸词，与"此中日夕只以眼泪洗面"一帖，同是千古情种，较长城公煞是可怜。

清王士禛《五代诗话》卷一引《稗史汇编》：宋邵伯温曰：南唐李煜以太平兴国三年（978）七月七日卒。吴越王钱俶以雍熙四年（987）八月二十四日卒。二君归宋，奉朝请于京师。其卒之日俱其始生之辰。太宗于是日遣中使赐以器币，与之燕饭，皆饮毕卒，盖太宗杀之也。余按野史，李后主以七夕诞辰，命故伎于赐第作乐侑饮，声闻于外，太宗闻之大怒。又传其小词"小楼昨夜又东风，故国不堪回首月明中"之句，由是怒不可解。是李之祸，词语促之也。因记钱邓王有句云："帝乡烟雨锁春愁，故国山川空泪眼。"其感时伤事，不减于李，然则其诞辰之祸，岂亦缘是也？

清陈廷焯《云韶集》卷一：一声恸歌，如闻哀猿，呜咽缠绵，满纸血泪。

清王闿运《湘绮楼词选》前编：常语耳，以初见故佳，再学便滥矣。朱颜本是山河，因归宋不敢言耳。若直说山河改，反又浅也。结亦恰到好处。

梁启勋《词学》下编：李后主原是天才之文学家，又是亡国之君，此三首（《浪淘沙》"帘外雨潺潺"、"往事只堪哀"及《虞美人》"春花秋月何时了"）乃国破之后，在汴梁作寓公时所作，缱怀故国，又不敢明白表示，忍泪吞声，亦不能自抑，而流露于言辞。闻宋太祖赐以牵机药，亦因见此词。

俞陛云《唐五代两宋词选释》：亡国之音，何哀思之深耶。传诵禁廷，不加悯而被祸，失国者不殉宗社，而任人宰割，良足伤矣。《后山诗话》谓秦少游词"飞红万点愁如海"出于后主"一江春水"句，《野客丛书》又谓白乐天"欲识愁多少，高于滟滪堆"，刘禹锡"水流无限似侬愁"，为后主词所祖。但以水喻愁，词家所易到，屡见载籍，未必互相沿用。就词而论，李、刘、秦诸家之以水喻愁，不若后主之"春江"九字，真伤心人语也。

刘永济《唐五代两宋词简析》：此词明言"故国"，明言"雕栏玉砌"，故宋太宗闻之，即赐牵机药以死之。

唐圭璋《南唐二主年表》：太平兴国二年丁丑（977）后主四十一岁。后主言贫，宋太宗命增给月俸，仍予钱三百万。是时作《虞美人》、《浪淘沙》诸词。太平兴国三年戊寅（978），后主四十二岁，七月七日，命故伎作乐。太宗大怒。又传"小楼昨夜又东风","一江春水向东流"词,遂赐牵机药而死。

唐圭璋《唐宋词简释》:此首感怀故国,悲愤已极,起句,追维往事,痛不欲生。满腔恨血,喷薄而出,诚《天问》之遗也。"小楼"句承起句,缩笔吞咽;"故国"句承起句,放笔呼号。一"又"字惨甚。东风又入,可见春花秋月,一时尚不得遽了,罪孽未满,昔痛未尽,仍须偷息人间,历尽磨折。下片承上,从故国月明想人,揭出物是人非之意,末以问答语,吐露心中万斛愁恨,令人不堪卒读。通首一气盘旋,曲折动荡,如怨如慕,如泣如诉。

唐圭璋《李后主评传》:这两首词(本阕及"人生愁恨何能免")大概是同时在汴京作的,直抒胸臆,把不堪回首的往事,尽情流露,这类词真是百转柔肠,令人无可奈何。

唐圭璋《屈原与李后主》:至其《虞美人》一首,更是哀伤入骨,词云……问春花秋月何时可了,正求速死也。但小楼昨夜东风又入,恨不得即死也。下片从故国月明想人,揭出物是人非之戚。最后以问答语,吐露胸中万斛愁肠,诚令人不堪卒读。

唐圭璋、潘君昭《唐宋词学论集》:善以虚字传神。……"只是"则能加强"物是人非"的惆怅感觉。"问君能有几多愁,恰似一江春水向东流。""问君"和"恰似",都是假托问答,以加倍突出这个"愁"字的。

俞平伯《读词偶得》:奇语劈空而下,以传诵久,视若恒言矣。日日以泪洗面,遂不觉而厌春秋之长。岁岁花开,年年月满,前视茫茫,能无回首,固人情耳。"小楼昨夜又东风",下一"又"字,与"何时了"密衔,而"故国"一句便是必然的转折。就章法言之,三与一,四与二,隔句相承也;一、二与三、四,情境互发也,但一气读下,竟不见有章法。后主又乌知所谓章法哉?而自然有了章法,情生文也。过片两句,示今昔之感,只是直说,其下两句,千古传名,实亦羌无故实。刘继增《笺注》所引《野客丛书》以为本于白居易、刘禹锡,直梦呓耳。胡不曰本于《论语》"子在川上"一章,岂不更现成么?此所谓"直抒胸臆,非傍书史"者也。后人见一故实,便以为"囚在是矣",何其陋耶。……今效其语而补之曰:"恰似一江春水向东流,后主语也,其词品似之。"盖诗词之作,曲折似难而不难,惟直为难。直者何?奔放之谓也。直不难,奔放亦不难,难在于无尽。"恰似一江春水向东流",无尽之奔放,可谓难矣。倾一杯水,杯倾水涸,有尽也,逝者如斯,不舍昼夜,无尽也。意竭于言则有尽,情深于词则无尽。"言之不足,故长言之,长言之不足,故嗟叹之",老是那么"不足",岂有尽欤,情深故也。人曰李后主是大天才,此无征不信,似是而非之说也。情一往而深,其春愁秋怨如之,其词笔复婉转哀伤,随其孤往,则谓千古之名句可,谓为绝代的才人亦可。凡后主一切词当作如是观,不但此阕耳,特于此发其凡耳。

龙榆生《南唐二主词叙论》(上海古籍出版社《龙榆生词学论文集》):后主既归宋,与金陵旧宫人书云:"此中日夕只以眼泪洗面。"(见王铚《默记》)赵癸《行宫杂记》亦称:后主归朝后,每怀故国,且念嫔妃散落,郁郁不自聊。"秋月春花,往事多少?""眼泪洗面"与"眼色相勾"之滋味,相去几何?

虞美人

风回小院庭芜①绿,柳眼春相续②。凭阑半日独无言,依旧竹声③新月似当年。

笙歌④未散尊前⑤在,池面冰初解。烛明香暗画堂⑥深,满鬓清霜⑦残雪⑧思难任⑨。

[题解]

李煜在宋太祖开宝九年(976)被俘到汴京,宋太祖封他为违命侯,予以拘禁。这年十月,太祖死,太宗即位。十一月,改封李煜为陇西公。十二月改元为太平兴国。太宗比太祖更为忌刻。太平兴国三年(978)七月,他因七夕庆生,在赐第里使故伎奏乐,奏他作的《虞美人》:"小楼昨夜又东风,故国不堪回首月明中。"太宗怒其歌词心怀怨生,立赐牵机药于酒中,将他毒杀。

这首词应该作于这最后一段的拘禁岁月中。《古今词统》、《草堂诗余续集》、《古今诗余醉》调下有题"春怨"。亡国之恨,怨怼之情,浸透于字里行间。

[注释]

①庭芜：庭园中丛生的草。南朝宋颜延之《秋胡》诗："寝兴日已寒，白露生庭芜。"唐白居易《春日闲居》诗："是时三月半，花落庭芜绿。"诗词中往往芜柳并提。《古诗》："青青河畔草，郁郁园中柳。"南唐冯延巳《蝶恋花》："河畔青芜堤上柳。"②柳眼：早春初生的柳叶如人睡眼初展，故称。唐元稹《生春》诗之九："何处生春早，春生柳眼中。"唐李商隐《二月二日》诗："花须柳眼各无赖，紫蝶黄蜂俱有情。"宋周邦彦《蝶恋花·柳》词："爱日轻明新雪后，柳眼星星，渐欲穿窗牖。"《南宫词纪·皂罗袍·闺怨》套曲："柳眼新青浮动，渐千丝万缕，染画春工。"《红楼梦》第七十八回："惊柳眼之贪眠，释莲心之味苦。"陈三立《寓园春集和伯纯》："桥根释雪痕，柳眼碎烟缬。"春相续：庭草先绿，稚柳继黄，是为春光相续。③竹声：一般指竹制管乐器发出的声音。竹，古乐八音之一。指竹制管乐器箫、管、笙、笛之类。此处可解为风吹竹枝竹叶之声。④笙歌：合笙之歌，亦谓吹笙唱歌。《礼记·檀弓上》："孔子既祥，五日弹琴而不成声，十日而成笙歌。"唐王维《奉和圣制十五夜然灯继以酬客应制》："上路笙歌满，春城漏刻长。"宋张子野《南歌子》词："相逢休惜醉颜酡，赖有西园明月照笙歌。"明梁辰鱼《浣纱记·投吴》："千门花月笑相迎，香风满路笙歌引。"这里泛指奏乐唱歌。⑤尊前：在酒樽之前，指酒筵上。唐马戴《赠友人边游回》诗："尊前语尽北风起，秋色萧条胡雁来。"宋晏几道《满庭芳》词："漫留得尊前，淡月西风。"明陈所闻《初春看晴雪》曲："喜尊前花萼相辉，听曲里阳春同调。"《古今诗余醉》作"金罍"。⑥画堂：古代宫中有彩绘的殿堂。《汉书·成帝纪》："孝成皇帝，元帝太子也。母曰王皇后，元帝在太子宫生甲观画堂，为世嫡皇孙。"颜师古注："画堂，但画饰耳……霍光止画室中，是则宫殿中通有彩画之堂室。"这里泛指华丽的堂舍。南朝梁简文帝《饯庐陵内史王修应令》诗："回池泻飞栋，浓云垂画堂。"唐崔颢《王家少妇》诗："十五嫁王昌，盈盈入画堂。"⑦清霜：寒霜；白霜。形容两鬓苍苍如霜雪。金元好问《征人怨》诗："塞垣可是秋寒早，一夜清霜满镜中。"⑧残雪：尚未化尽的雪。唐杜审言《大酺》诗："梅花落处疑残雪，柳叶开时任好风。"唐于良史《冬日野望寄李赞府》诗："风兼残雪起，河带断冰流。"明文征明《除夕》诗："腊意亦知人恋岁，

为留残雪来年看。"⑨难任：难堪，难以忍受，难以承受。《左传·僖公十五年》："重怒，难任；背天，不祥。"三国魏曹植《杂诗》之一："方舟安可极，离思故难任。"余冠英注："难任，难当。"唐韩愈《县斋读书》诗："谪谴甘自宁，滞留愧难任。"

[评析]

开篇写"凭阑"所见之景："风回小院庭芜绿，柳眼春相续。"这是冬天似乎将要过去，春天将要到来之景。所谓"小楼昨夜又东风，故国不堪回首月明中"，无论世事如何沧桑变幻，自然岁月也是无知无识的，以此无情见人之有情，多情，情难以堪。

直逼出下面"凭阑半日独无言"，这"无言"二字用得十分精练、概括。既是"万般心事，一时难说"之内心感慨激动的表示，也深深地包蕴着在凄凉的处境中无人可以共语，可以倾诉的意思。此一时，竹随风鸣，龙吟细细；新月如钩，清辉依依。"似当年"三字含蓄无限悲情。这一幕情景仿佛依稀曾见。"似"字甚好，哀鸣婉转，作为囚徒的词人只有过去，没有未来，这一个即将到来的春天也不属他所有，只余那旧时月色，留下依稀回忆。这"似"字着重之意为"非"。欢歌如梦的昨日不可追矣！当年如何？而今日又如何？所谓沧海桑田，不过如斯！

下片从"竹声新月似当年"引出回忆的虚景："笙歌未散尊前在，池面冰初解。"神思恍惚之中，他的思绪回到了当年，眼前又浮现出往日欢乐的场面：池塘里春风荡漾，薄冰初融；池畔嫔妃围坐，酒杯交错，笙歌齐作。然而好景不长，欢歌难续。"烛明香暗画堂深，满鬓清霜残雪思难任。"由虚转实，写回室内之景。"烛明"、"香暗"，承上段说的"半日"、"新月"而来，是对暗涌的时间之流的深刻体悟。

画堂里，明烛高照，炉香袅袅，但深寂无人，没有一丝生气。如果说春回大地，吹绿了庭院中的小草，吹醒了抽芽开眼的柳条，带来了万物的复苏，却没有给囚禁中的词人带来任何的希望。春天将要来到，而他却预感到自己生命中的、人生中的春天不会再来了。

自然地过渡到末句"满鬓清霜残雪思难任"，揽镜自照，已是鬓若霜结。"残雪"二字当然可以解释为白发如雪。以"清霜残雪"对举，是对容颜衰损的程度之强调。其实也不妨理解为以景衬情，赋予内心情感以可见可感的具体形象。残雪映照着词人的白发，在他的生命中只剩下了冬天的寒冷。"思难任"点出词旨。这三字与上文的"无言"有异曲同工之妙，万般思量，无从言说。只是这愁苦的情思再也难以忍受，真是生亦何欢，死亦何苦？从某种意义上说，他于危境中，屡屡唱出故国之思，除了他本性的天真，或许亦有早求解脱之意。

综观全词，全无情字而无处无情，从现在思过往，再回到现实，以昔日之欢衬今时之苦，血泪相和。李煜的两首《虞美人》，那一首是痛哭嚎啕，这一首则是无声之泣，更令人动容。

[集评]

明沈际飞《草堂诗余续集》卷下：此在汴京忆旧乎？华疏采会，哀音断绝。

明卓人月《古今词统》卷八：徐士俊云：此君"花明月暗"之外，更有"烛明香暗"。

清谭献云：二词（指此阕及"春花秋月"一阕）终当以神品目之。又云：后主之词，足当太白诗篇，高奇无匹。（徐珂《历代词选集评》引）

俞陛云《唐五代两宋词选释》：五代词句多高浑，而次句"柳眼春相续"及上首《采桑子》之"九曲寒波不溯流"，琢句工炼，略似南宋慢体。此词上、下段结句，情文悱恻，凄韵欲流。如方干诗之佳句，乘风欲去也。

俞平伯《读词偶得》：后主之作，多不耐描写外物。此却以景为主，写景中情，故取说之。虽曰写景，仍不肯多用气力，其归结终在于情怀。环诵数过，殆可明了，实写景物，全篇只首二句。李义山诗："花须柳眼各无赖。"

"柳眼"佳,"春相续"更佳。似春光在眼,无尽连绵。于是凭阑凝睇,惘惘低头,片念俄生,即所谓"竹声新月似当年"也。以下立即堕入忆想之中,玩"柳眼春相续"一语,似当前春景艳浓浓矣,而忆念所及,偏在春光,姿态从平凡自然之间露出狡狯变幻来,截搭却令人不觉。其脉络在"竹声新月"上,盖"竹声新月",固无间于春光之浅深者也。拈出一不变之景,轻轻搭过,有藕断丝牵之妙。眼前春物昌昌,只风回小院而已,春芜绿柳而已,其他不得着片语,若当年,虽坚冰始泮,春意未融,然已尊罍也,笙歌也,香烛也,画堂也,何其浓至耶?春浅如此,何待春深,春深其可忆耶。虚实之景,眼下心前,互相映照,情在其中矣。结句萧飒憔悴之极,毫无姿态,如银瓶落井,直下不回。古人填词,结语每拙。况蕙风标举"重、拙、大"三字,鄙意惟"拙"难耳。

唐圭璋《唐宋词选释》:此首忆旧词,起点春景,次入人事。风回柳绿,又是一年景色。自后主视之,能毋增慨。凭阑脉脉之中,寄恨深矣。"依旧"一句,猛忆当年今日,景物依稀,而人事则不堪回首。下片承上,申述当年笙歌饮宴之乐。"满鬓"句,勒转今情,振起全篇。自摹白发穷愁之态,尤令人悲痛。

玉楼春

晚妆初了明肌雪①,春殿嫔娥②鱼贯列③。笙箫④吹断⑤水云间⑥,重按⑦《霓裳》⑧歌⑨遍彻⑩。

临风谁更⑪飘香屑⑫,醉⑬拍阑干⑭情味切。归时休放烛花红,待踏⑮马蹄清夜月。

[题解]

明吴讷《南唐二主词》原注云"传自曹功显节度家",又云"墨迹旧在京师梁门外李王寺"。曹功显即曹勋,《宋史》有传。此词别作曹勋词,载《松隐文集》卷三九,然细按文意词风,与曹勋殊不类,王仲闻以为"疑曹勋尝书此词,人遂以为勋作",误收而已。

这首《玉楼春》词一般被认为是南唐全盛时所作,极写宫廷生活的侈纵,君妃的声色游乐,从思想内容来看,意义并不大。明代杨慎就曾评此词:"何等富丽侈纵,观此那得不失江山?"(《草堂诗余汇集》卷二)但在富丽中饶有清致,逸乐中颇见真情,可以看出李煜前后期词在艺术表现方式上的贯通之处,他以一种极端投入的心情来感受人生的悲欢喜乐,体验生命中本真的感动。

[注释]

①了:罢。明肌雪:形容肌肤细腻明洁,像白雪一样。唐温庭筠《女冠子》词:"钿镜仙客似雪。"唐韦庄《菩萨蛮》词:"炉边人似月,皓腕凝双雪。"②春殿:点明季节与地点。嫔娥:嫔妃宫女。唐元稹《骠国乐》诗:"德宗深意在柔远,笙镛不御停嫔娥。"③鱼贯列:像游鱼一样一个挨一个地按次序排列,有嫔娥众多、舞队齐整的意思。④笙箫:两种吹奏乐器,亦泛指管乐器。唐曹唐《小游仙诗》:"忽闻下界笙箫曲,斜倚红鸾笑不休。"⑤吹断:吹罢,吹尽。吹奏乐器而曰断,是说乐声悠长已至极致。⑥水云:指水云相接之景。诗词中常水、云并用。唐戎昱《湘南曲》:"帝南游不复还,翠蛾幽怨水云间。"这里表示笙箫声把听者引入缥缈的仙境,显示一种悠闲超迈的情怀。间:一作"开",又作"闲"。据《花草萃编》改。⑦按:弹奏,这里有核定、审查之意,重按是一再核定。⑧《霓裳》:即《霓裳羽衣曲》。唐代著名法曲,《新唐书·礼乐志》:"河西节度使杨敬忠献《霓裳羽衣曲》十二遍。"传为开元中河西节度使杨敬忠所献。初名《婆罗门曲》,经唐玄宗润色并制歌词,后改用今名。唐白居易《琵琶行》:"轻拢慢捻抹复挑,初为《霓裳》后《绿腰》。"宋马令《南唐书》:"唐之盛时,《霓裳羽衣》最为大曲,罹乱,瞽师旷职,其音遂绝。后主独得其谱。乐工曹生亦善琵琶,按谱粗得其声而未尽善也。后(大周后)辄变易讹谬,颇去洼淫,繁手新音,清越可听……中书舍人徐铉闻《霓裳羽衣》曰:法曲终慢,而此声太急何耶。曹生曰,其本实慢,而宫中有人易之,然非吉征也。"⑨歌:动词,唱的意思。⑩遍:大曲一叠名一遍。大曲有所谓排遍、正遍等,其长者可有数遍之多;唐之《霓裳》,散序六遍,中序以下十二遍。前六遍无拍不舞,后十二遍有拍而舞。

唐白居易《霓裳羽衣舞歌》自注："《霓裳曲》十二遍而终。"彻：即入破的最末遍，曲至入破，则高亢而急促。宋欧阳修《玉楼春》词："从头歌韵响铮纵，入破舞腰红乱旋。"⑪临风：另本作"临春"。郑骞《词选》注：李宫中有临春阁。"谁更"二字明知故问，是赞赏的意思。⑫飘香屑：后主宫中有主香宫女，持百合香、粉屑，各处均散。唐李商隐《李夫人歌》："蛮腰系条脱，妍眼和香屑。"宋洪刍《香谱》谓后主自制"帐中香"，以丁香、沉香及檀、麝等各一两，甲香三两，皆细研成屑，取鹅梨汁蒸干焚之，"飘香屑"者，或即此香。⑬醉：即所谓极色、声、香、味之娱，乃至神迷心醉。⑭拍阑干：是意兴飞扬之态。⑮踏：谓马非疾走，述其悠然赏月之意。

[评析]

全词描写夜晚宫中歌舞宴乐的盛况，动用了全部感觉器官，准确细致地捕捉和表现了宴游过程中的种种审美愉悦。

首句"晚妆初了明肌雪"着意刻画美人姿容之美，七个字概括了晚妆后宫娥的明丽，同时也写出了作者面对美丽宫娥时一派意兴飞扬的兴致。前人多好落实为大周后，其实解词最忌讳黏滞，除非不得已，实在不必一定指实为大周后、小周后，好的文学作品必得因一己之体验而发千万人之心声。若只是唠叨自己那一点子事情，岂不成了祥林嫂？"晚妆"点明宴游的时间，"春殿"点明季节和地点，短短二语，勾画出一个美好的春夜，为歌舞添上动人的背景。

次句"春殿嫔娥鱼贯列"写宫娥之众，"鱼贯列"三字，明白自然、生动准确地描绘了嫔娥队伍的整齐、俨然，显示出宫廷生活的典型场面，也透露出作者对这一切的欣赏和自得。三、四句"笙箫吹断水云间，重按《霓裳》歌遍彻"，写歌舞盛况，乐声上扬，飘荡于水云之间，于是天上人间，处处充盈着美妙的音乐和欢乐的气氛。上句写曲调之高雅，下句写舞姿的令人迷醉，表现出君王在视听感官上的高度享受。一个"重"字，表现出后主恣意欢乐的浓郁情兴。

下片宕开词笔，换头两句写嗅觉和味觉之美。后主宫中本"有主香宫女，其焚香之器曰把子莲、三云凤、折腰狮子，金玉为之，凡数十种"（陶穀《清异录》）。"临风谁更飘香屑"是通过嗅觉感受到的气味之美，进一步描写置身于声色逸乐中的风流君主的感发、兴致。"谁更"也就是"何来"之意。这时飘来的香气，令君王十分惬意。下句的"醉拍阑干情味切"，既是酣饮之酒醉，又是极乐之沉醉，"拍"字写出因过度兴奋而得意忘形之态。

末二句则是视、听等多种感觉的复合，"归时休放烛花红，待踏马蹄清夜月"。"待踏"比"谁更"描摹了一个更高妙的欢乐境界；月色如水，春夜宜人，马蹄声声，花树朦胧，春风习习，这一切构成一个清新淡雅的境界，与前面宫内灯火辉煌、热闹繁俗的歌舞宴饮场面形成了鲜明对照。

王国维的《人间词话》有一段评语说："温飞卿之词，句秀也；韦端己之词，骨秀也；李重光之词，神秀也。"若一味沉湎于声色犬马的官能享受，那就是蠢材了，后主之清超神秀，恐怕也就是能在酒酣耳热，繁华至极之际，还能够退后一步，体会到自然纯真的心灵境界之美，这也就是品性不俗了。

[集评]

宋马令《南唐书》卷六《女宪传》：后主昭惠后周氏，小字娥皇，大司徒宗之女，甫十九岁，归于王宫。通书史，善音律，尤工琵琶。乐工曹生亦善琵琶，按谱粗得其声，而未尽善也。唐之盛时，《霓裳羽衣》最为大曲，罹乱，瞽师旷职，其音遂绝。后主独得其谱。……后辄变易讹谬，颇去洼淫，繁手新音，清越可听。

宋王灼《碧鸡漫志》卷三：李后主作《昭惠后诔》云：《霓裳羽衣曲》，绵兹丧乱，世罕闻者，获其旧谱，残缺颇甚，暇日与后详定，去彼淫繁，定其缺坠。

宋胡仔《苕溪渔隐丛话》前集卷二四：此曲世无谱，好事者每惜之。《江表志》载周后独能按谱求之。徐常侍铉有《听霓裳送以诗》云："此是开元太平曲，莫教偏作别离声。"则江南时犹在也。

明沈际飞《草堂诗余正集》卷一：此驾幸之词，不同于宫人自叙。"莫教踏碎琼瑶"，"待踏清夜月"，总是爱月，可谓生瑜生亮，又云：侈纵已极，那得不失江山？《浪淘沙》词即极清楚，何足赎也。

明茅暎《词的》卷二：风流帝子。

明李于鳞（《南唐二主词汇笺》引语）：上叙凤辇出游之乐，下叙鸾舆归来之乐。

明李廷机《新刻注释草堂诗余评林》："醉拍阑干情味切"，此乃做出宫人愁叹之状。

明王世贞："归时"二句，致语也。（徐珂《历代词选集评》引语）

清吴任臣《十国春秋》卷一八：昭惠国后周氏，小字娥皇，司徒宗之女。十九岁归皇宫。通书史，善歌舞，尤工琵琶，尝为寿元宗前，元宗叹其工，以烧檀琵琶赐之，盖元宗宝惜之器也。后于采戏、弈棋，靡不妙绝。……后主嗣位，册立为国后，宠嬖专房。创为高髻纤裳及首翘鬓朵之妆，人皆效之。常雪夜酣燕举杯请后主起舞，后主曰："汝能创为新声，则可矣。"后即命笺缀谱，喉无滞音，笔无停思。俄顷谱成，所谓《邀醉舞破》也。（毛氏《填词名解》云："《邀醉舞破》调，今不传。"）又有《恨来迟破》，亦后所制。故唐盛时，《霓裳羽衣》最为大曲，乱离之后，绝不复传，后得残谱，经琵琶奏之，于是开元、天宝之遗音复传于世。内史舍人徐铉闻之于国工曹生，铉亦知音，问曰：法曲终则缓，此声乃反急，何也？曹生曰："旧谱实缓，宫中有人易之，非吉征也。"后主以后好音律，因亦耽嗜，废政事。监察御史张宪切谏，赐帛三千尺，以旌敢言，然不为辍也。

清徐釚《词苑丛谈》卷六：李后主宫中未尝点烛，每至夜则悬大宝珠，光照一室如日中，尝赋《玉楼春》宫词云……王阮亭《南唐宫词》云："花下投签漏滴壶，秦淮宫殿浸虚无。从兹明月无颜色，御阁新悬照夜珠。"极能道其遗事。

清许昂霄《词综偶评》：《玉楼春》，"重按《霓裳》歌遍彻"，《霓裳曲》十二遍而终，见香山诗自注。"临风谁更飘香屑"，"飘香屑"，疑指落花言之。

清谭献《复堂词话》：豪宕。

清陈廷焯《云韶集》卷二四：风雅疏狂，失人君之度矣。

俞陛云《唐五代两宋词选释》：此在南唐全盛时所作。按霓羽之清歌，爇沉香之甲煎，归时复踏月清游，洵风雅自喜者。唐元宗后，李主亦无愁天子也。此词极富贵，而《浪淘沙令》"流水落花春去也，天上人间"，又极凄婉，则富贵亦一场春梦耳。……其"清夜月"结句，极清超之致。

唐圭璋《李后主评传》：后首写夜晚笙歌醉舞的情形，而夜分踏马蹄于清夜月之下，尤觉侈纵已极。

子夜歌

寻春须是先春早，看花莫待花枝老。缥色玉柔擎①，醅②浮盏面清③。

何妨④频笑粲⑤，禁苑⑥春归晚。同醉与闲评⑦，诗随羯鼓⑧成。

[题解]

《子夜歌》：又名《菩萨蛮》。李煜并用两名。他有三首《菩萨蛮》，又有两首《子夜歌》。另首《子夜歌》（人生愁恨何能免），比较有名，本首缺字颇多："盏面"后缺一字，《历代诗余》补"清"字。"频笑粲"前缺二字，王国维补"何妨"。

[注释]

①缥色：青白色，淡青色。这里代指青瓷酒壶。《文选·潘岳〈笙赋〉》："倾缥瓷以酌醽。"注："倾碧瓷之器以酌酒也。"玉柔：洁白柔嫩，这里代指女人的手。擎：举，向上托。②醅：未滤去糟的酒，亦泛指酒。③浮：酒面漂沫，又名浮蚁。唐白居易《问刘十九》诗："绿蚁新醅酒，红泥小火炉。晚来天欲雪，能饮一杯无。"唐杜甫《客至》诗："樽酒家贫只旧醅。"盏面清：酒不是新醅，而是旧醅。浮滓已沉淀，盏面已清。清，吴讷《百家词》旧抄本、侯文炼本、王国维辑本《南唐二主词》缺一字，吕远本、萧江声本、《历代诗

余》作"清"。④何妨：王国维辑本《南唐二主词》注：二字磨灭不可认，疑是"何妨"二字。依萧本《二主词》、《历代诗余》补。⑤粲：露齿笑貌。《榖梁传·昭公四年》：军人粲然皆笑。范宁注：粲然，盛笑貌。⑥禁苑：另本作"禁院"，帝王游息处。因平民禁止进入，故称禁苑。帝王的园林。《史记·平准书》："禁苑有白鹿而少府多银锡。"⑦闲评：随意品评、议论。另本作"闲平"。⑧羯鼓：我国古代民族羯族的一种打击乐器，起源于印度，由西域传入我国，盛行于唐开元、天宝年间。《通典·乐四》："羯鼓正如漆桶，两头俱击。以出揭中，故号羯鼓，亦谓之两杖鼓。"唐温庭筠《华清宫》诗："宫门深锁无人觉，半夜云中羯鼓声。"

[评析]

　　李煜有两首《子夜歌》，另一首写于亡国之后，表达的是人生愁恨何能免的黯淡心情。与这一首恰恰是鲜明的对比。这首词仍然是描写南唐的宫廷生活，正值春天日暖花开的时候，作者在花团锦簇的禁苑中，过着饮酒、赋诗、赏花、赏美人的闲适岁月。正是后来追恨的所谓"一晌贪欢"时节。

　　开首"寻春须是先春早，看花莫待花枝老"两句明白如话，是夫子自道，表明作者前期的心理状态。不过是"花开堪折直须折，莫待无花空折枝"的意思，让人有及时行乐的理由罢了。在他其他的作品中，我们或者能在他的玩乐享受之外，多多少少感受到一种潜在的未曾言明的对于国事人生抱有的恐惧与消沉的心理。但在这首词中，我们真还体会不到这一点，单纯无杂思的阶段在每个人的生命中都是转瞬即逝的，帝王也好，平民也罢，无思无虑的快乐是最可宝贵的。这首《子夜歌》唤醒的是一种柔软的人生的早期经验。如果说李煜后期的作品因其哀伤之深而感人，那么他前期的作品则因其清浅单纯而动人。

　　"缥色玉柔擎"是写宫女们劝酒，以"缥色"代指酒壶，"玉柔"代指美人的手，汉唐酒器，多用缥色瓷器，诗文词赋中常见"青瓷"、"碧瓷"、"缥瓷"，李煜径直以"缥色"借代酒壶，或因韵律的需要，也未可知。"玉柔"借代美人执壶之手，温润而柔软，亦借手之美让人遐想女子形貌气质之胜。这和陆游的"红酥手，黄藤酒"在艺术表现上是类似的。原应在它们中间的动词"擎"字，却放在最后。这正是诗、词习惯的句法。"擎"字下得准确，是"高举"的意思。五个字绘出美人捧壶劝酒的情景，富于画面感。

"醅"，是没有过滤的酒，在古代是贵重的饮料。酒中的泡沫渣滓，呈青绿色，所以又叫浊酒、绿蚁、浮蚁。醅有新醅、旧醅，新醅是才酿成的酒，白居易诗曰："绿蚁新醅酒。"旧醅是存储的陈年的酒。杜甫诗曰："樽酒家贫只旧醅。"既然说到"清"，当然是陈酒，不仅味道更为浓郁，而且清可鉴人，只因这一首小词，那醇酒美人，在春天的光影声色中成为不灭的幻影。

过片"何妨频笑粲，禁苑春归晚"，一则述人生之完美境界，一则述知其美而留恋不已。李白《清平调》云："名花倾国两相欢，常得君王带笑看。"繁花时节，美人笑靥，这一刻的人生似乎是全无遗憾与不足，但为何要"归晚"？正如浮士德所说："你真太美啊，请停留一下！"

结末两句"同醉与闲评，诗随羯鼓成"，写奏乐赋诗。此处或暗用唐明皇羯鼓催春故事。据唐南卓《羯鼓录》记载，昔唐玄宗于早春二月某日晨，见露雨初晴，景物明丽。宫中内庭，柳杏欲吐。明皇叹曰：景色如此，能不降旨催春？左右侍从急逢迎献酒，然不知如何催春早至。独力士善知帝意，即取羯鼓，击鼓催春。明皇命击鼓，奏《春光好》一曲。果见内苑新柳发芽，红杏放花。可惜，催春也好，留春也罢，回想这"喧哗与骚动，不过是一场痴人说梦"，哪怕是人间天子，最终也只能同样是流落随尘埃。

子夜歌

人生愁恨何能免，销魂独我情何限①。故国②梦重归③，觉来④双泪垂。

高楼谁与⑤上？长记⑥秋晴望。往事已成空，还如一梦中。

[题解]

《子夜歌》即《菩萨蛮》。这首词如《南唐书·后主书第五》注所云："后主乐府词云：'故国梦初归，觉来双泪垂。'又云：'小园昨夜又西风，故国不堪翘首月明中。'皆思故国者也。"是作者入宋后的作品。描写梦归故国，登楼秋望的情景，抒发了血泪哀思。历代选家多选此作，因为它颇能代表李煜词作的风格。

[注释]

①销魂：谓灵魂离开肉体，某种情绪达到极致的状态。南朝梁江淹《别赋》："黯然销魂者，唯别而已矣。"销，同"消"。情何限：即情何以堪，感情上难以承受。何限，无限。②故国：指南唐。③梦重归：《南唐书》注作"梦初归"。④觉来：醒来。⑤谁与：谁。⑥长记：老是记得。宋李清照《如梦令》："长记溪亭日暮。"

[评析]

全词共八句，全是脱口而出，如同口语。正是以歌代哭，不加雕饰。

上片先抒情后叙事。开篇"人生愁恨何能免，销魂独我情何限"。以"人生"与"我"相对，人的一生中固然都难免忧愁苦恨，但命运给"我"带来的情感上的摧残折磨则更为深刻无穷而令"我"难以承受。"销魂"一句中用了"独我"这个限制性词语，情词哀绝。虽说人生到世间原本是来受苦的，但确实有些苦难过于残酷，有些命运过于沉重。多愁善感如李煜，他不仅以此一句说出了一种生命本身的普遍的永恒的悲哀与痛苦，也更强调一己情怀之强烈痛楚。起句沧桑悲凉辽阔，领起全篇。"何能免"的"愁恨"和"销魂"的"情"，构成本篇的核心。

三、四句"故国梦重归，觉来双泪垂"中的"梦重归"与"双泪垂"，是对上言之恨与情的解释。作者梦回故国，也就是重回昔日欢乐沉醉之人生境地，可醒来后再次确认现实的自己还分明是囚徒之身，这种今昔对比之下，多少沧海桑田之叹油然而生。

下片的结构与上片相反，先叙事后抒情。

过片进一步回忆往昔："高楼谁与上？长记秋晴望。"可以理解成是补叙梦里情境，其中包含的是对昨日种种的深深眷恋。当年在故国晴朗秋光中登高骋望，正是"青山隐隐水迢迢，秋尽江南草未凋"（杜牧），彼等赏心乐事，有妃嫔臣仆随侍相伴共赏，如在眼前。与这形成鲜明对比的是李煜入宋后的词作中，常能见到其孤独的形象。如《乌夜啼》所言："无言独上西楼，月如钩。寂寞梧桐深院锁清秋。"《浪淘沙》也说："独自莫凭阑，无限江山。"这里的"高楼谁与上"，同样是展现了一个形影相吊、踽踽独行的形象，这种孤独一方面可能是日常生活的真实，另一方面也可能是心灵深处的无助感的外化。这一句将过去与现在并置，更进一步说明了作者之强烈的情感触发的由来。昔日繁华，恰恰反衬出今日凄凉。

歇拍"往事已成空，还如一梦中"用"梦"作结，与上片的"梦"，前后照应，收束紧凑而自然。作者似乎是借梦境的幻灭作为一种象征，以此来表达繁华易逝、人生如梦的领悟和悲慨。因此，在李煜的词中"梦"字一再出现。而这，从某种意义上说，同样体现了李煜作为一位称职的词人和糟糕的帝王所具有的那种柔弱而暧昧的个性特征。梦，常常是现实的替代性补偿，因为现实中无法重回故国，只好在梦中回归。虽然梦既短暂又虚幻，醒后的失落或许更令人难堪，但词人仍然愿意一次次地沉溺其中，这同他前期的沉迷声色在某种意义上有相通之处，都是一种刻意回避的态度，鲁迅说的"敢于直面惨淡的人生，敢于正视淋漓的鲜血"的猛士的精神在李煜那里是踪迹难觅的，也正是从这个层面上，我们才更好地理解了这位"生于深宫之中，长于妇人之手"的多情天子柔美而孱弱的秉性气质。

[集评]

宋马令《南唐书》卷五注云：后主乐府词云："故国梦初归，觉来双泪垂。"又云："小园昨夜又西风，故国不堪翘首月明中。"皆思故国者也。

清陈廷焯《云韶集》卷一：回首可怜歌舞地。又云：悠悠苍天，此何人哉！

俞陛云《唐五代两宋词选释》：起句用翻笔，明知难免，而自我销魂，愈觉埋愁之无地。马令《南唐书》本注谓"故国"二句与《虞美人》词"小楼昨夜"二句皆思故国者也。

唐圭璋《唐宋词简释》：此首思故国，不假采饰，纯用白描。但句句重大，一往情深。起句两问，已将古往今来之人生及己之一生说明："故国"句开，"觉来"句合，言梦归故国，及醒来之悲伤。换头，言近况之孤苦，高楼独上，秋晴空望，故国杳杳，销魂何限！"往事"句开，"还如"句合，上下两"梦"字亦幻，上言梦似真，下言真似梦也。

望江南

多少恨，昨夜梦魂①中。还似旧时②游上苑③，车如流水马如龙④，花月⑤正春风。

[题解]

《望江南》：原名《谢秋娘》，乃唐李德裕为谢秋娘而作。后白居易作此调，末句云："能不忆江南？"因改名《忆江南》。又刘禹锡词首句为"春去也"，因名《春去也》。又皇甫松有"闲梦江南梅熟日"句，复名《梦江南》、《望江梅》。在唐代本来是单调，宋时才渐渐有人用双调，上下阕一韵到底。李煜这两首《望江南》，一押"东"韵，一押"支"韵，显然是按单调写的。不过，这两首词用同一词牌，又都抒写亡国之痛，由"恨"而"泪"，由梦昔而写今，应是同时所制。因此，也有人把它们作双调安排。

从内容上看，这首词通过对"昨夜梦魂中"旧时情景的追忆，将现实中的"多少恨"刻骨铭心地表达出来。对故国的依依追念可谓血泪相和。

[注释]

①梦魂：古人以为人的灵魂在睡梦中会离开肉体，故称"梦魂"。唐刘希夷《巫山怀古》诗："颓想卧瑶席，梦魂何翩翩。"宋晏几道《鹧鸪天》词："春悄悄，夜迢迢，碧云天共楚宫遥。梦魂惯得无拘检，又踏杨花过谢桥。"②旧时：指在南唐当国主之时。③上苑："上林苑"之简称，古代帝王游猎的场所，其中饲养禽兽，种植林木。南朝梁徐君倩《落日看还》诗："妖姬竞早春，上苑逐名辰。"《新唐书·苏良嗣传》："帝遣宦者采怪竹江南，将莳上苑。"明宋讷《壬子秋过故宫》诗之一："离宫别馆树森森，秋色荒寒上苑深。"此指南唐的宫苑。④车如流水马如龙：车马络绎不绝，形容游乐盛况。《后汉书·明德马皇后纪》："前过濯龙门上，见外家问起居者，车如流水，马如游龙。"⑤花月：花和月，指美好的景色。唐王勃《山扉夜坐》诗："林塘花月下，别似一家春。"唐李白《襄阳曲》之一："江城回渌水，花月使人迷。"唐贾至《送王道士还京》诗："借问清都旧花月，岂知迁客泣潇湘。"清吴伟业《阆州行》："扬州花月地，烽火似边头。"

[评析]

开头两句陡起直显，领起全篇："多少恨，昨夜梦魂中。"诗词之起首或娓娓道来，或雷霆棒喝。后者的好处是如巨瀑飞湍，倾泻而下，有万钧之震撼。如"厌了这一切，我向安息的死疾呼"（莎士比亚《十四行诗》，第66首），如"前不见古人，后不见来者。念天地之悠悠，独怆然而涕下"，皆此类用法。既有如此强烈之恨，自然要问恨从何来，来自"梦魂中"。为何会因梦而生恨呢？

"还似旧时游上苑，车如流水马如龙，花月正春风。"这三句铺陈梦境，将"恨"意宕开。在梦中，词人仍然身为国主，臣子嫔妃前呼后拥，随从车马四周环卫着游赏皇家园林。"车如流水马如龙"并非后主的创语。《后汉书·明德马皇后纪》载，马皇后曾经用"车如流水，马如游龙"八个字形容权豪们游宴的盛况。唐代苏颋亦有诗云："车如流水马如龙，仙史高台十二重。天上初移衡汉匹，可怜歌舞夜相从。"（《夜宴安乐公主新宅》）而后主将它放置于

"花月正春风"的背景中,形成了一种难以言说的繁荣气象,写出了往日在江南畅游的欢乐。

"花月"二字隐含了对于昔日美满爱情生活的记忆。如花美眷,似水流年中,将三春好景看遍。此一时,李煜坐拥江山美人,真是人生之完美无缺之境地了。

一个"正"字,既写出了这种欢乐已极,繁花似锦,烈火烹油般的人生之境地,也暗示了所谓"盛极而衰"的不幸结局。一方面梦中的无限繁华,反衬出醒后所认识到的现实之无限凄凉。另一方面,真正让人无法承受的是此时之梦,原本是昨日之真,午夜梦回的这一刻,作者才深深地体会了什么叫做"失去"!有太多的对人、对己的责恨,愧悔一时的交集,才有开头的情感之爆发。正如王夫之所言,"以乐景写哀,以哀景写乐",可取得"一倍增其哀乐"的艺术效果。

"花月正春风"五字作结,煞笔突然,与起笔相呼应,反映词人情绪上的强烈激荡。

望江南

多少泪,断脸复横颐①。心事莫将和泪说,凤笙②休向泪时吹,肠断③更无疑。

[题解]

这首《望江南》,续写梦醒后的哀痛,直言无隐。

[注释]

①断脸复横颐:形容脸上泪水纵横的样子。颐,面颊。②凤笙:汉应劭《风俗通·声音·笙》:"《世本》:'随作笙。'长四寸、十二簧、像凤之身,正月之音也。"后因称笙为"凤笙"。北魏郦道元《水经注·洛水》:"昔王子

晋好吹凤笙,招延道士与浮丘同游伊洛之浦。"唐韩愈《谁氏子》诗:"或云欲学吹凤笙,所慕灵妃媲萧史。"明何景明《吕黄门画竹歌》:"龙盘巘谷山中石,更待伶伦截凤笙。"又以指代笙曲。宋张先《虞美人》词:"凤笙何处高楼月,幽怨凭谁说。"③肠断:形容极度悲痛。晋干宝《搜神记》卷二十:"临川东兴,有人入山,得猿子,便将归。猿母自后逐至家。此人缚猿子于庭中树上,以示之。其母便搏颊向人,欲乞哀状,直谓口不能言耳。此人既不能放,竟击杀之,猿母悲唤,自掷而死。此人破肠视之,寸寸断裂。"唐白居易《长恨歌》:"行宫见月伤心色,夜雨闻铃肠断声。"元王实甫《西厢记》第三本第四折:"异乡易得离愁病,妙药难医肠断人。"

[评析]

这首词以内心独白的方式表达其无穷的哀伤。

"多少泪,断脸复横颐。"后主被俘入宋以后,曾给金陵旧宫人带信说:"此中日夕只以眼泪洗面。"作为曾经的一国之主,在被囚禁的岁月里,不仅彻底丧失了尊严与自由,生命安全也是没有保障的。更残酷的是,小周后常常被宋太宗强迫进宫去陪侍。作为丈夫,他只能眼睁睁地看着妻子被人凌辱,既不敢怒更不敢言,作为一个男人,这是何等的痛苦!

在无力抗争的绝境中,除了用泪水来冲刷心头的巨痛,夫复何为?所以词人连用三个"泪"字,这种重复是现实的真实再现。

"心事莫将和泪说,凤笙休向泪时吹",当人处于痛苦之中,总希望有所宣泄与排解,但作者却坚定而决然地以两组否定词"莫将"、"休向"连用,完全排除了任何缓解悲哀情绪的可能。

或以为这上一句暗示徐铉来访,李煜向其表示悔杀了潘佑、李平,徐铉回去一五一十都告诉了太宗,因此触动了太宗的杀机一事。而下一句则指《默记》所载:"后主在赐第,因七夕命故伎作乐,声闻于外。太宗闻之大怒。又传'小楼昨夜又东风'及'一江春水向东流'之句,并坐之,遂被祸云。"这"莫说"、"休吹"实是曲折表示。其实以李煜彼时的身份处境而言,无论何言何行,不言不行，都可能成为被害的理由。所以其最后的词章多是直述其心情的，即便如这里将"不能说"、"不能吹"的意思表示出来，也足以成为致死之因。若非是其心思单纯，没有顾忌于此，就是深陷悲愤，已无暇也无意再作掩饰。从这个角度说，因为"自计无由生"，所以"求速死"，以此来解读他的囚徒之歌是说得通的。

"肠断更无疑"，悲痛至极，是最后的哀鸣。

[集评]

明杨慎《词品》卷二：唐词"眼重眉褪不胜春"，李后主词"多少泪，断脸复横颐"。元乐府"眼余眉剩"，皆祖唐词之语。

清陈廷焯《词则·别调集》卷一：后主词一片忧思，当领会于声调之外，君人而为此词，欲不亡国得乎？

俞陛云《唐五代两宋词选释》：此词在唐时为单调，至宋时为双调，后主词本单调两首，故前后段各自用韵。"车水马龙"句为时传诵。当年之繁盛，今日之孤凄，欣戚之怀，相形而益见，两首意本一贯也。

刘永济《唐五代两宋词简析》：此二首为李煜降宋后作。前首因梦昔时春游苑囿车马之盛况，醒而含恨。后首乃念旧宫嫔妃之悲苦，因而作劝慰之语，故曰"莫将"、"休向"，更揣其时必已肠断，故曰"更无疑"。后主已成亡国之"臣虏"，乃不暇自悲而慰人之悲，亦太痴矣。昔人谓后主亡国后之词，乃以血写成者，言其语语真切，出自肺腑也。

唐圭璋《李后主评传》：往事重温，惟有在片刻的梦中，此词"还似"二字直贯到底，写出当年春二三月宝马香车的盛况。又《论词作法》：梦中盛况，只用"还似"绾住，灵动异常。

唐圭璋《唐宋词简释》：此首忆旧词，一片神行，如骏马驰坂，无处可停。所谓"恨"，恨在昨夜一梦也。昨夜所梦者何？"还似"二字领起，直贯以下十七字，实写梦中旧时游乐盛况。正面不着一笔，但以旧乐反衬，则今之愁极恨深，自不待言，此类小词，纯任性灵，无迹可寻，后人亦不能规摹其万一，此首直揭哀音，凄厉已极。诚有类夫春夜空山，杜鹃啼血也。断脸横颐，想见泪流之多。后主在汴，尝谓此中日夕，只以眼泪洗面，正可与此词印证。心事不必再说，撇去一层；凤笙不必再吹，又撇去一层。总以心中有无穷难言之隐，故有此沉愤决绝之语。"肠断"一句，承上说明心中悲哀，更见人间欢乐，于己无分，而苟延残喘，亦无多日，真伤心垂绝之音也。

望江梅

闲梦远，南国①正芳春②。船上管弦③江面渌④，满城飞絮⑤滚轻尘⑥。忙杀看花人。

[题解]

《望江梅》：又名《望江南》、《忆江南》。唐时此调为单调、二十七字。李煜用这一词牌写了四首词：两首名《望江梅》，是联章，首句相同。另两首名《望江南》，也是联章，首句有异。《全唐诗》统一调名，并将二首合一。今依原格律仍分为二首。此调多用来歌咏江南风物。

这首词是后主在囚徒生活中对故国的想望，与下一同牌词联章，一首写江南之春，一首写江南之秋，均以"闲梦远"领起。此处之"闲"是所谓"闲愁最苦"（辛弃疾《摸鱼儿》），表达的是一种低回苦闷的情绪。

[注释]

①南国：古指江汉一带的诸侯国。《诗·小雅·四月》："滔滔江汉，南国之纪。"亦泛指我国南方。《楚辞·九章·橘颂》："受命不迁，生南国兮。"王逸注曰："南国，谓江南也。"三国魏曹植《杂诗》之五："南国有佳人，容华若桃李。"②芳春：春天。春季花盛，故以"芳"字形容。晋陆机《长安有狭邪行》："烈心厉劲秋，丽服鲜芳春。"唐陈子昂《送东莱王学士无竞》诗："孤松宜晚岁，众木爱芳春。"③管弦：管乐器与弦乐器，亦泛指乐器。《淮南子·原道训》："夫建钟鼓，列管弦。"晋张华《情诗》之一："终晨抚管弦，日夕不成音。"又可指代管弦乐。《汉书·礼乐志》："和亲之说难形，则发之于诗歌咏言，钟石管弦。"唐崔湜《奉和春日幸望春宫》："庭际花飞锦绣合，枝间鸟啭管弦同。"元陈孚《真定怀古》诗："千里桑麻绿荫城，万家灯火管弦清。"宋欧阳修《采桑子》词："返照波间，水阔风高扬管弦。"④渌：清澈。唐柳宗元《田家》诗之三："蓼花被堤岸，陂水寒更渌。"元瞿智《送于

彦成归越次郑九成韵》:"琼书天上鹤,渌水镜中鸥。"另本作"绿"。⑤飞絮:飘飞的柳絮。北周庾信《杨柳歌》:"独忆飞絮鹅毛下,非复青丝马尾垂。"宋辛弃疾《摸鱼儿》词:"算只有殷勤,画檐蛛网!尽日惹飞絮。"⑥滚轻尘:车马过后尘土飞扬。形容游人如织的游乐盛况。唐王维《送元二使安西》:"渭城朝雨浥轻尘。"

[评析]

这一首"梦"见的是"南国芳春",即江南盛时的春天景象。

"闲"字说明梦幻之由,"闲"的意思是闲得无聊、无奈。当其可以有所为的时候,其不作为;而如今身为囚徒,欲有所为已不可能之时,才知懊悔。一个"远"字写出江南一别,一如前世。"梦"字写出繁华逝去似香尘,恍然如梦之感,是全词之眼。李煜回忆故国,从繁华兴旺跌向烟消云散,宛如一梦。李煜寄故国之思,以永无再见之期的绝望。三字看似淡淡到来,却潜含着无限的悲哀。

"南国正芳春",最能装点春之美的是花,万紫千红,各有姿态,使人赏心悦目。花香浓郁,沁人心脾,点出"芳香",一个"芳"字显现令人缭乱迷醉的江南春色。

下面描写了四样景物,对江南春景作具体描述。"船上管弦江面渌,满城飞絮滚轻尘。""船上"、"管弦"、"江面渌",写城外的春江。江面碧波荡漾,画舫如鲫,管弦悠扬。"满城飞絮滚轻尘",写城内的景色。无处不飞的柳絮杨花见出千条万条的杨柳,九陌红尘见出城中来来往往的行人游客,车水马龙。城外春江城内路,处处都是如醉如痴的狂欢忙碌景象。短短三句词中,括进了无数景物人物,使人有目不暇接、眼花缭乱之感。

自然过渡到最后一句:"忙杀看花人。""忙杀"二字,写尽熙熙攘攘、歌舞升平的景象。

此处写梦,也是写真。陆游《南唐书》记载:煜嗣位初,"专以爱民为急,蠲赋息役,以裕民力。尊事中原,不惮卑屈,境内赖以少安者,十有五年。……殂问至江南,父老有巷哭者"。但这种追忆越是真切,越能衬托他此时此景的孤寂和难堪。

梦中越是繁华热闹,梦醒之后的眷恋、感伤、怅恨就越是深入骨髓。只是妙在无一语点破。

望江梅

闲梦远,南国正清秋①。千里江山寒色②远,芦花③深处泊④孤舟。笛在月明楼⑤。

[题解]

前一首写南国之春,色调还较为温暖;这一首则写南国之秋,情调凄冷。

[注释]

①清秋:明净爽朗的秋天。晋殷仲文《南州桓公九井作》诗:"独有清秋日,能使高兴尽。"唐杜甫《宿府》诗:"清秋幕府井梧寒,独宿江城蜡炬残。"清吴谦牧《谷水歌》:"借问清秋月,先悬第几峰。"②寒色:寒冷时节的颜色、景色。如枯草、秃枝、荒凉的原野的颜色。唐宋之问《题张老松树》诗:"日落西山阴,众草起寒色。"清韩泰华《无事为福斋随笔》卷上:"盛子昭《寒山行旅图》绢本,立幅宽三尺五寸,高亦如之。树木槎枒,万山寒色,渔舟一叶,江雁群飞。"③芦花:芦絮。芦苇花轴上密生的白毛。隋江总《赠贺左丞萧舍人》诗:"芦花霜外白,枫叶水前丹。"元耶律楚材《透脱》诗:"潇湘一片芦花秋,雪浪银涛无尽头。"④泊:停船靠岸。《三国志·吴志·陆凯传》:"武昌土地,实危险而墝确,非王都安国养民之处,船泊则沈漂,陵居则峻危。"唐杜甫《绝句》之三:"窗含西岭千秋雪,门泊东吴万里船。"⑤月明楼:有明月相照的楼台。唐张若虚《春江花月夜》诗:"谁家今夜扁舟子,何处相思明月楼。"

[评析]

前一首写南国之春如花似锦的繁华画面,色调还较为温暖;这一首则写南国之秋,所描绘的是一幅清幽冷寂之景,情调甚为凄冷。

"闲梦远,南国正清秋。"一切物象皆心象,作者所写的是梦境,也是心境。"南国"即他念念不忘的江南故国。"清秋",即深秋。这是大处落笔,表示出故国之情萦绕于怀。一个"清"字写出繁华落尽的萧肃秋景。

"千里江山寒色远,芦花深处泊孤舟。"南国千里山河一片秋色,登临远眺的词人也瑟缩在秋的氛围中。这"远"字与"闲梦远"重,表达的是天涯永隔之意。这是远景。而"芦花深处泊孤舟"是近景。一叶孤舟停泊在芦花深处,首先这种秋景之描写抓住了秋之悲凉的典型性特征。其次身为囚徒的词人,今日欲思一叶扁舟江海去,渔樵江渚,可得乎?这一句写尽了人生的无尽秋意。

前面几句都是写景。结句"笛在月明楼"点出抒情主体形象。笛声常用以表现哀怨幽思。笛声又往往与边关家国之愁联系在一起。所谓"笛里谁知壮士心",所谓"更吹羌笛关山月"。是谁人在月明寂静的夜晚,幽幽地吹起了长笛,如泣如诉?在经历沧桑巨变之后的李煜所制之词真可谓洗尽铅华,这首词所体现的那种清雅超迈的情怀和人生境界也证明了它的写作时间不可能是在亡国之前。

[集评]

清陈廷焯《词则·别调集》卷一:寥寥数语,括多少景物在内。

唐圭璋《李后主评传》:又有《望江梅》两首,一首写江南春时的境界,一首写江南秋时的境界。写江南的芳春,水绿花繁,正与白居易《忆江南》词"日出江花红似火,春来江水绿如蓝"相同。写江南的清秋,则是一幅山水平远的图画。

唐圭璋《唐宋词简释》：此首写江南春景。"船上"句，写江南春水之美，及船上管弦之盛。"满城"句，写城中花絮之繁，九陌红尘与漫天之飞絮相混，想见宝马香车之喧，与都城人士之狂欢情景。末句，揭出倾城看花，亦可见江南盛时上下酣嬉之状。此首写江南秋景，如一幅绝妙图画。"千里"句，写秋来江山之寥廓，与四野之萧条。"芦花"句，写远岸芦花之盛，与孤舟相映，情景兼到。末句，写月下笛声，尤觉秋思洋溢，凄动于中；孤舟，见行客之悲秋；笛声，见居人之悲秋。张若虚诗云："谁家今夜扁舟子，何处相思明月楼。"亦兼写行客与居人两面。后主词，正与之同妙。

谢新恩

金窗①力困起还慵②。

[题解]

《谢新恩》六首原出孟郡王家墨迹。孟郡王，名忠厚，字仁仲，宋哲宗赵煦后、隆祐太后之兄。纸幅断烂，错讹脱误不全。此首仅留一句。"慵"字下旧注"余缺"二字。刘继增《南唐二主词笺》云："此调起句七字，诸家无作评注者，《词谱》此句在第四阕中。"

[注释]

①金窗：指华美的窗户。唐李白《双燕离》诗："玉楼珠阁不独栖，金窗绣户长相见。"②慵：懒。

谢新恩

秦楼①不见吹箫女，空余上苑②风光。粉英金蕊③自低昂④。东风恼我，才发一衿香⑤。

琼窗梦笛残日⑥，当年得恨何长。碧阑干外映垂杨。暂时相见，如梦懒思量。

[题解]

王国维《南唐二主词》校勘记曰："此首实系《临江仙》也。"它和后主另一首调名《临江仙》（樱桃落尽春归去）者，句、韵、平仄无不尽同。

这一首较为完整，应是悼亡词，悼的是昭惠后。后主十八岁娶周宗之女娥皇，娥皇长得俊秀美丽，又"通书史，善歌舞，尤工琵琶"。即位后立为昭惠后，夫妻感情甚好，婚后十年娥皇病逝。后主"哀苦骨立，杖而后起"，并自撰诔文，语极酸楚。

[注释]

①秦楼：秦穆公为其女弄玉所建之楼。亦名凤楼。相传秦穆公女弄玉，好乐。萧史善吹箫作凤鸣。秦穆公以弄玉妻之，为之作凤楼。二人吹箫，凤凰来集，后乘凤飞升而去。事见汉刘向《列仙传》。南朝梁沈约《修竹弹甘蕉文》："巫岫敛云，秦楼开照。"唐杜甫《郑驸马宅宴洞中》诗："自是秦楼压郑谷，时闻杂佩声珊珊。"②上苑：见《望江南》（多少恨）注③。③粉英金蕊：泛指花卉。金蕊，金色花蕊。唐元稹《红芍药》诗："繁丝蹙金蕊，高焰当炉火。"唐秦韬玉《牡丹》诗："压枝金蕊香如扑，逐朵檀心巧胜裁。"前蜀毛文锡《月宫春》词："水晶宫里桂花开，神仙探几回。红芳金蕊，绣重台。低倾玛瑙杯。"④昂：高下，开合。⑤一衿香：指昭惠后所穿衣服的衣带所散发的香气。衿，同"襟"。衣上代替纽扣的带子。⑥琼窗：窗的美称，指精致华美的窗子。琼，美玉。"琼窗"句，一作"琼窗梦残日"。

谢新恩

樱花①落尽阶前月，象床②愁倚熏笼③。远似去年今日恨还同。

双鬟不整云憔悴④，泪沾红抹胸⑤。何处相思苦，纱窗醉⑥梦中。

[题解]

此阕是《谢新恩》第三首。但缺字、句太多,无法认作是《谢新恩》或《临江仙》。上、下片各缺一七字句,且格律不一致,上片第二句六字,下片第二句五字,上片第三句为四、五,下片第三、四句为五、五,难属一调,难成一篇。

[注释]

①樱花:一种落叶乔木。产于我国及日本,品种甚多。春日开花,花有白、红等色,甚美,花后结实如小球。唐李商隐《无题》诗:"何处哀筝随急管,樱花永巷垂阳岸。"或以为即樱桃花。李煜的另一首《谢新恩》云:"樱桃落尽春将困。"《临江仙》词云:"樱桃落尽春归去。"②象床:象牙雕饰的床,又叫牙床。唐温庭筠《过五丈原》诗:"象床宝帐无言语。"③熏笼:一种覆盖于火炉上供熏香、烘物和取暖用的器物。《太平御览》卷七一一引《东宫旧事》:"太子纳妃,有漆画手巾熏笼二,条被熏笼三。"唐王昌龄《长信秋词》之一:"熏笼玉枕无颜色,卧听南宫清漏长。"前蜀薛昭蕴《醉公子》词:"床上小熏笼,韶州新退红。"④鬟:古代年轻女子的环形发髻。唐白居易《续古诗》之五:"窈窕双鬟女,容德俱如玉。"云:喻指轻柔舒卷如云的头发。憔悴:指头发枯干,没有光泽。宋李清照《永遇乐》词:"如今憔悴,风鬟雾鬓。"⑤抹胸:古代内衣的一种。多为妇女所服。有前片无后片,上可覆乳,下可遮肚,故称。清代又称肚兜。《京本通俗小说·西山一窟鬼》:"侧手从抹胸里取出个帖子来。"徐珂《清稗类钞·服饰·抹胸》:"抹胸,胸间小衣也,一名袜腹,又名袜肚。以方尺之布为之,紧束前胸,以防风之内侵者。俗谓之兜肚,男女皆有之。"⑥醉:一本作"睡"。

谢新恩

庭空客散人归后,画堂半掩珠帘。林风淅淅①夜厌厌②。小楼新月,回首自纤纤③。(下缺)春光镇④在人空老,新愁往恨何穷。金窗力困起还慵⑤。一声羌笛，惊起醉怡容。

[题解]

王国维《南唐二主词》校勘记云："此亦《临江仙》阕。"《词谱》在《临江仙》调名下注："李煜词名《谢新恩》。"但它不是一首完整的《临江仙》，而是两个半阕的《临江仙》：上半押一先韵，下半押一东韵，不是一首词。有本把此词分为残缺的两阕，以为"春光"句以下应作另外一首。

[注释]

①渐渐：象声词。这里指风声。亦作"渐沥"。②厌厌：绵长的样子。南唐冯延巳《长相思》词："红满枝，绿满枝，宿雨厌厌睡起迟。"③纤纤：细长貌。这里形容新月。南朝宋鲍照《玩月城西门廨中》诗："始见西南楼，纤纤如玉钩。"唐韩愈《答张十一功曹》诗："筼筜竞长纤纤笋，踯躅闲开艳艳花。"④镇：常常，长久。唐太宗《咏烛》："镇下千行泪，非是为恩人。"清纳兰容若《踏莎行》："小楼明月镇长闲。"⑤"金窗"句：前句"何穷"以下本空七个字，《花草粹编》、《历代诗余》均用此句，即《谢新恩》第一首所余唯一之句。

谢新恩

樱花落尽春将困，秋千①架下归时。漏②暗斜月迟迟，花在枝。（缺十二字）彻晓纱窗下，待来君不知。

[题解]

这首词也残缺严重，未可判定是《谢新恩》或是《临江仙》。上片"樱花"、"漏暗"疑讹。下片缺十二字。

[注释]

①秋千：传统体育游戏。两绳下拴横板，上悬于木架，人坐或站在板上，两手分握两绳，前后往返摆动。相传春秋齐桓公时自北方山戎传入。一说本为汉武帝时宫中之戏，作千秋，为祝寿之辞，后倒读为秋千。南唐冯延巳《鹊

踏枝》词:"泪眼问花花不语,乱红飞入秋千去。"金元好问《辛亥寒食》诗:"秋千与花影,并在月明中。"清孙枝蔚《漫兴》诗之四:"谁家红袖过红桥,一丈秋千努折腰。"②漏:古代计时器。即漏壶。《史记·司马穰苴列传》:"穰苴先驰至军,立表下漏待贾。"唐牟融《送客之杭》诗:"风清听漏惊乡梦,灯下闻歌乱别愁。"

谢新恩

冉冉①秋光留不住,满阶红叶②暮。又是过重阳③,台榭④登临处。茱萸⑤香坠,紫菊气飘庭户。晓烟笼细雨。嘒嘒⑥新雁咽寒声,愁恨年年长相似⑦。

[题解]

这首词,据刘继增《南唐二主词笺》注曰:"此阕既不分段,亦不类本词,而他调亦无有似此填者。"《历代诗余》注:"单调,五十一字,止李煜一首,不分前后段,存以备体。"

[注释]

①冉冉:形容时光渐渐流逝。宋张孝祥《忆秦娥》词:"年华冉冉惊离索,惊离索,倩春留住,莫教摇落。"②红叶:枫、槭、黄栌等树的叶子到秋天变成了红色,统称红叶。唐韩愈《游青龙寺赠崔大补阙》诗:"友生招我佛寺行,正值万株红叶满。"③重阳:节日名。古以九为阳数之极。农历九月九日故称重九或重阳。魏晋以后,习俗于此日登高游宴。南朝梁庾肩吾《九日侍宴乐游苑应令诗》:"献寿重阳节,回銮上苑中。"④台:高而上平的方形建筑物,供观察眺望用。榭:建在高台上的木屋,或四面临水,多为游观之所。《书·泰誓上》:"惟宫室台榭,陂池侈服,以残害于尔万姓。"孔颖达疏引李巡曰:"台,积上为之,所以观望也。台上有屋谓之榭。"唐杜甫《滕王亭子》诗:"君王台榭枕巴山,万丈丹梯尚可攀。"⑤茱萸:植物名。香气辛烈,可入药。古俗农历九月九日重阳节,佩茱萸能祛邪辟恶。《西京杂记》卷三:

"九月九日,佩茱萸,食蓬馆,饮菊华酒,令人长寿。"唐王维《九月九日忆山东兄弟》:"遥知兄弟登高处,遍插茱萸少一人。"⑥嗈嗈:鸟类和鸣声。《文选·孙绰〈游天台山赋〉》:"觊翔鸾之裔裔,听鸣凤之嗈嗈。"李善注:"《尔雅》曰:'嗈嗈,和也。'谓声之和也。"宋陆游《秋晓》诗:"嗈嗈天际雁初度,喔喔舍傍鸡乱鸣。"元张可久《天净沙·江上》曲:"嗈嗈落雁平沙,依依孤鹜残霞。"清唐孙华《国学进士题名碑》诗:"嗈嗈朝阳集鸣凤,思皇周士何其多。"⑦似:一作"侣"、"续"。

存　疑

长相思

一重山，两重山，山远天高烟水寒，相思枫叶丹。
菊花开，菊花残，塞雁高飞人未还，一帘风月闲。

捣练子令

云鬓乱，晚妆残，带恨眉儿远岫攒。斜托香腮春笋嫩，为谁和泪倚阑干？

蝶恋花

遥夜亭皋闲信步。乍过清明，早觉伤春暮。数点雨声风约住,朦胧淡月云来去。

桃李依依春暗度,谁在秋千,笑里低低语?一片芳心千万绪,人间没个安排处。

更漏子

金雀钗,红粉面,花里暂时相见。知我意,感君怜,此情须问天。

香作穗,蜡成泪,还似两人心意。珊枕腻,锦衾寒,夜来更漏残。

更漏子

柳丝长,春雨细。花外漏声迢递。惊塞雁,起城乌,画屏金鹧鸪。

香雾薄,透重幕,惆怅谢家池阁。红烛背,绣帷垂,梦长君不知。

后庭花破子

玉树后庭前,瑶草妆镜边。去年花不老,今年月又圆。莫教偏,和月和花,大教长少年。

浣溪沙

转烛飘蓬一梦归,欲寻陈迹怅人非,天教心愿与身违。
待月池台空逝水,映花楼阁漫斜晖,登临不惜更沾衣。

开元乐

心事数茎白发,生涯一片青山。空林有雪相待,野路无人自还。

南歌子

云鬟裁新绿,霞衣曳晓红。待歌凝立翠筵中,一朵彩云何事下巫峰。
趁拍鸾飞镜,回身燕飐空。莫翻红袖过帘栊,怕被杨花勾引嫁东风。

青玉案

梵宫百尺同云护,渐白满苍苔路。破腊梅花李蚕露。银涛无际,玉山万里,寒罩江南树。

鸦啼影乱天将暮，海月纤痕映烟雾。修竹低垂孤鹤舞。杨花风弄，鹅毛天剪，总是诗人误。

秋霁

虹景侵阶，乍雨歇长空，万里凝碧。孤鹜高飞，落霞相映，远状水乡秋色。黯然望极，动人无限愁如织。又听得，云外数声，新雁正嘹呖。

当此暗想，画阁轻抛，杳然殊无，些个消息。漏声稀，银屏冷落，那堪残月照窗白。衣带顿宽犹阻隔。算此情苦，除非宋玉风流，共怀伤感，有谁得知。

三台令

不寐倦长更，披衣出户行。月寒秋竹冷，风切夜窗声。

图书在版编目(CIP)数据

南唐二主词/方艳注评.—郑州:中州古籍出版社 2012.6(2018.4重印)
(国学经典)
ISBN 978-7-5348-3845-3

Ⅰ.①南… Ⅱ.①方… Ⅲ.①词(文学)-诗歌评论-中国-南唐(937~975) Ⅳ.①I207.23

中国版本图书馆CIP数据核字(2012)第106622号

书名:南唐二主词
NAN TANG ER ZHU CI
注评者:方 艳
出版发行:中州古籍出版社
(地址:郑州市经五路66号 邮政编码:450002 电话:0371-65723280)
承印单位:河南大美印刷有限公司
开本:640mm×960mm 1/16 印张:9.5
字数:100千字 印数:15 001-20 000册
版次:2012年6月第1版 印次:2018年4月第6次印刷

定价:16.00元